我的「ㄎㄧㄤ爸」改造日記

用《幼犬訓練手冊》改造怪咖老爸的偉大實驗

How to Train Your Dad

蓋瑞·伯森 Gary Paulsen——著

謝佩妏——譯

故事盒子　68

「ㄎ
我的尢爸」
改造日記
用《幼犬訓練手冊》
改造怪咖老爸的偉大實驗
How to Train
Your Dad

作　　者　蓋瑞．伯森 Gary Paulsen
譯　　者　謝佩妏

野人文化股份有限公司
社　　長　張瑩瑩
總 編 輯　蔡麗真
主　　編　陳瑾璇
責任編輯　陳韻竹
專業校對　林昌榮
封面設計　周家瑤
內頁排版　洪素貞
行銷經理　林麗紅
行銷企劃　蔡逸萱、李映柔

讀書共和國出版集團
社　　長　郭重興
發行人兼出版總監　曾大福
業務平臺總經理　李雪麗
業務平臺副總經理　李復民
實體通路組　林詩富、陳志峰、郭文弘、王文賓、賴佩瑜
網路暨海外通路組　張鑫峰、林裴瑤、范光杰
特販通路組　陳綺瑩、郭文龍
電子商務組　黃詩芸、李冠穎、高崇哲
專案企劃組　蔡孟庭、盤惟心
閱讀社群組　黃志堅、羅文浩、盧煒婷
版 權 部　黃知涵
印 務 部　江域平、黃禮賢、李孟儒
出　　版　野人文化股份有限公司
發　　行　遠足文化事業股份有限公司
地址：231 新北市新店區民權路 108-2 號 9 樓
電話：（02）2218-1417　傳真：（02）8667-1065
電子信箱：service@bookrep.com.tw
網址：www.bookrep.com.tw
郵撥帳號：19504465 遠足文化事業股份有限公司
客服專線：0800-221-029
法律顧問　華洋法律事務所　蘇文生律師
印　　製　博客斯彩藝股份有限公司
初版首刷　2022 年 08 月

ISBN　9789863847359（平裝）
ISBN　9789863847373（EPUB）
ISBN　9789863847366（PDF）

國家圖書館出版品預行編目（CIP）資料

我的「ㄎㄧㄤ爸」改造日記 : 用《幼犬訓練手冊》改造怪咖老爸的偉大實驗 / 蓋瑞．伯森 (Gary Paulsen) 作 . -- 初版 . -- 新北市 : 野人文化股份有限公司出版 : 遠足文化事業股份有限公司發行 , 2022.08
面；　公分 . -- (故事盒子 ; 68)
譯自 : How to train your dad
ISBN 978-986-384-735-9(平裝)

874.59　　111008174

野人文化
官方網頁

野人文化
讀者回函

我的「ㄎㄧㄤ爸」
改造日記

線上讀者回函專用 QR CODE，你的寶貴意見，將是我們進步的最大動力。

謹以本書獻給以下朋友，表達我的欣喜和感謝：

Wes Adams、Morgan Rath、Katie Quinn、Kristen Luby、Mary Van Akin、Olivia Oleck、Sean Fodera、Melissa Warten、Lelia Mander、Anne Heausler、Trisha Previte、Kristin Dulaney、Jordan Winch、Kaitlin Loss、Cate Augustin，以及其他FSG出版社和麥克米倫出版公司的無數舊雨新知。

你們讓這趟旅程變得趣味盎然。

目次

1 垃圾箱哲學

在我說出這個故事前，我得先告訴你一些關於我的事。不然你怎麼會知道什麼事情是重點、這些事是怎麼兜在一起的，還有一切的一切又是怎麼發生的？

好。

我叫卡爾．海莫斯菲德忒。姓跳過就算了，連我自己都不太確定該怎麼唸。這是我媽的姓，我六歲那年她就因為某種病外加一堆有的沒的併發症過世了，我爸是這麼告訴我的。她人很好，雖然我對她的印象很模糊，但老爸說她是個大好人。不過每次只要提起她，爸就會想起她已經不在了，這會害他傷心，

所以我們很少談她的事。總之，我媽叫我小卡，你要這樣叫我也可以，只是這名字會讓大家想起某位在我出生前當紅的女歌手，但我是男生，唱歌又難聽，所以還是叫我卡爾就行了。

所以啦，我叫卡爾，不會唱歌，年齡介於十二到十三歲之間，長得跟其他十二三歲的男生沒有兩樣。臉上這裡一顆、那裡一顆痘痘，髮型有點呆，戴了副眼鏡免得看東西都得瞇瞇眼，身體好像屬於某個看我不太順眼的人。

還有，我不擅長運動（我已經徹底死心了），課業成績屬於中間偏後段（上學這件事我有時喜歡，有時討厭）。沒有兄弟姊妹，所以家裡只有我必須努力了解我爸這個人（這點之後再說）。最後，根據我爸的說法：我很富有。這也是我寫這本書的理由。

富有才怪。

差遠了。

偏偏我爸不這麼想。

好。

總之，暑假的第一個禮拜，我們坐在超市後面的垃圾箱上。

超市位於購物商場裡。我們坐在垃圾箱上往下看，周圍大概有十三萬兩千隻蒼蠅飛來飛去，我們就在這群蒼蠅之中尋找可以搶救的食物，因為我爸說，商店丟掉的食物很多都還好得很。

就在這個時候，他突然冒出一句：「你知道嗎，我們很富有。」

沒騙你，他真的這麼說。

正當我們在垃圾箱裡翻找食物的時候。

如果這還不夠瘋狂，那麼來看看我們住的地方。城市郊區河邊那片五英畝大的泥濘地上有四棵樹（如果你想，可以過來數數看），都不是大樹，所以沒什麼樹蔭，就是四棵瘦巴巴的樹，

旁邊停著一台有點髒又不會太髒的露營車，我跟老爸就住在這裡。車上有電也有電視，但我爸從來不看電視。車子也連得上網路，不過只能偷接附近一家搬運及倉儲公司的無線訊號，但其實我爸也從來不上網。

我們還搭了棚子，在裡頭養了兩頭豬，還有十一或十二或十五還是四隻雞。雞的數目每天都不同，因為有時候會有幾隻雞（聰明的那些）成功溜出去，至於不太聰明的那些雞不但會再跑回來（真不曉得是為什麼），偶爾還會帶新朋友一起回家。我實在想不通到底其他那些雞是從哪來的，因為附近除了剛剛說的倉庫之外，只有一家製造塑膠購物袋的工廠、一家預拌混凝土廠、一間拖吊場、一座校車停車場、一家辦公家具批發行、一個貨運轉運站，還有市區垃圾車的停放場。這裡既沒有鄰居養雞，甚至沒有別的住家。

再補充一些細節，好讓你更能想像我們住的地方，看看我們的「富有」生活長什麼樣子。露營車附近的泥濘路上，停了一台一九五一年出廠、回收改造後脫胎換骨的雪佛蘭半噸皮卡車（我爸說這款車不只永不褪流行，還是經典中的經典）。車身到處是凹痕，下雨後車蓋上就會出現很多小水窪。我這樣說，你大概就知道我們到底有多「富有」了。

沒騙你，這輛貨車有古老的ＡＭ電台，我爸說那是真空管，不是電晶體收音機，所以要先暖一下機，聲音才會出來。收音機雖然還能用，但好像只接收得到鄉村歌曲和某個像機關槍一樣快的瘋子的聲音。每次那個瘋子叫賣聖經人物的簽名照時（例如：耶穌基督），轟隆隆的聲音大到讓你耳朵快流血。

對了，我們還有菜園，一片延伸很廣的大菜園，靠我爸修好的一台抽水機來抽河水灌溉。不管是把東西修好或延長使用期限，例如那台舊貨車，我爸都是一等一的高手。

我們自己種菜自己吃，但我不得不說，有時候菜吃起來有種怪味，很像附近廠房非法倒進河裡的汙水和化學廢棄物發出的味道（這只是我們懷疑啦）。我們把剩下的食物拿去餵豬，例如馬鈴薯皮和菜園裡剪掉不要的菜葉，以及從超市後面的垃圾箱載回來的東西。

每年秋天，有個男人會開小貨車來載走我們養的豬，一個禮拜後再載著用白色蠟紙包裝並印上標籤的豬排、培根和火腿回來。我們把肉放進重獲新生的舊冰箱裡（參見：第十頁的「一九五一年雪佛蘭皮卡車」；第十頁的「抽水機」），等到我們（稍微）忘記那些豬各自的脾氣之後（所以我們才從來不幫豬取名字），我們就有足夠吃上一整年的肉。

我爸說，無論是跟店裡買還是自己養，吃進肚裡的豬，命運都一樣。但如果你能自給自足，至少可以確定肉的品質比較好，做人也比較不那麼偽善。自己種番茄也一樣，自己養雞下蛋也一樣。說是這麼說，但養豬吃豬肉這整個過程仍然讓他很困擾，因此當貨車來載走我們養的豬時，老爸還是會轉過頭，不忍心看牠們離開。

普得是我最要好的朋友，就算放暑假，我每天還是都會看到他，因為他喜歡我們家勝過他自己家（這之後再說）。他本名叫彼得．哈斯凱爾，但堅持要大家叫他「普得」，因為有個老演員跟他同名同姓，演過電視劇的幾個小角色，但他想不起劇名，反正他不希望別人搞混。

總之，普得說，我跟我爸距離成為嚴格的素食主義者，或是一般的素食主義者，只差零點一公分。因為我們自己養豬養雞，吃掉牠們時又會難過。要知道普得可是每天靠熱狗、肉乾

和雞塊過活（他承認雞塊就是把黏糊糊的一團肉擠壓出來再拿去油炸；「擠壓」這兩個字超貼切，意思就是把雞肉碎渣做成的組合肉壓進方形模子裡），他從來沒有——真的沒有——吃過不是裝在盒子、罐頭或外賣紙盒裡的食物，所以在他的字典裡，吃素跟某種瘋狂邪教差不多。

普得說，如果我們有天變成健康飲食魔人，他跟我還是最好的朋友，只是他不想走得離我太近或被我的鼻涕噴到，免得被傳染。

我沒有因此生他的氣，但確實開始跟他保持一點距離，否則那種愛吃假肉的毛病萬一會傳染，那我就糟了。因為有次我看到他直接用手把一大罐灰灰的維也納小香腸抓起來吃，甚至把罐子裡的汁也喝光光。即使小香腸罐子上面寫說那是某種叫做——聽好了——「肉類副產品」的原料做的，但我爸說那就是指動物的嘴唇、眼皮和鼻子，還有身體其他孔竅周圍的皮膚，甚至是被車子碾斃的動物。如果用上「肉類副產品」這麼模糊的字眼，你就等於承認你知道那可能是任何東西。老爸說，他們就只是把肉品加工廠淘汰不要的東西，送進一台老舊的大型絞肉機，再經過擠壓機，然後「轟」的一聲，肉類副產品就完成了。

老爸說：你永遠不會知道——自己會從所謂的加工肉品中得到什麼東西。

其實我不想用這些「工廠廢水口味的蔬菜」、「神祕肉品」的話題害人覺得噁心，但我想你應該認識一下我爸和普得，還有他們的想法，因為他們都是接下來的故事中會出現的人物。

那麼現在你已經認識我、我爸、普得，還有我們家的雞了，接下來當然輪到我們的狗：卡蘿。卡蘿是我們救回來的比特

犬，當時牠一跛一跛走在市區的路上（你不會想知道那是哪區，除非你活得不耐煩）。

卡蘿的身上傷痕累累，都是過去被壞人非法抓去鬥狗留下的戰績，但牠對我們很貼心，而且只要是牠認為屬於我們的東西，都會善盡保護的職責，包括我們的朋友，其他的牠全都不看在眼裡。要是有哪隻沿著河流過來的臭鼬膽敢來追我們家的雞，卡蘿就會大開殺戒，把臭鼬撕成碎片散落在院子四周。在夏天這種事至少一週發生一次，因此牠常常臭到連蒼蠅都不敢停在牠身上。

老爸很愛牠，他說卡蘿坐在我們露營車的小門前守護牠的世界，看著等著，只要牠視為威脅的東西一出現，就會一秒轉成攻擊模式。以老爸的話來說，卡蘿是隻忠心耿耿的陸地版大白鯊，只是這個「殺戮機器」也喜歡像人一樣坐在沙發上討抱和看電視，然後跳上床躺在你旁邊，像個老酒鬼一樣，仰頭呼呼大睡。

你怎麼能不愛牠，老爸說。

現在你大概已經知道我爸是個好人。完全正確。老爸對每個認識的人都很好，對我也總是如此。所以有一天當他的想法漸漸把我逼瘋，我再也無法多忍耐他這個人、他的想法和我們的生活方式一秒鐘時，你可以想像這件事為什麼會讓人那麼錯愕。

2 變有錢的兩種方法

因為癥結（所有問題不都有個不得不改變的「癥結」？）在於……該怎麼說才好……我爸有他自己的人生哲學。沒錯，就是這樣。他有自己奉行的一套人生哲學，這套哲學對他來說非常合理，但跟一般人的認知比起來，往往差距很大。

比方他說我們很富有。

老爸認為金錢只是人類儲存起來的能量。既然我們能夠直接使用能量，完全跳過賺錢這個步驟，那又何必要多花力氣積存沒用的紙鈔？有時他甚至把錢叫做「厄多」，說那是人類祖先在中世紀使用的一種貨幣。

這套歪理乍聽之下很合理，因為「沒錢」好像是我們家的常態。這對老爸來說影響不大，甚至從來沒見過他為此動搖，因為他真心認為我們家很富有——不只是不窮而已，而是過得很不錯。雖然我會說我們家根本窮到不行。

老爸到處打零工，跟人以物易物。這意思是，他幫佩特拉齊太太打掃後陽台並重新油漆卻沒跟她收錢，而是抱著她做的土耳其果仁千層蜜餅和三盤可回收鋁箔盒裝的焗烤千層茄子回家，因為那種食物很有飽足感又適合放冷凍。

還有，他去幫艾特金先生修補屋頂，把一片灰泥板吊上去蓋住車庫天花板的破洞，免得雨水滲進木梁，害木頭長霉，卻沒有因此收到支票，而是把一整套套筒扳手組帶回家。反正艾特金先生那個沒用的兒子手既不巧，也從來沒打電話回家問自己老爸需不需要幫忙，因此根本沒資格繼承這套工具。

所以，當暑假第一週我們坐在超市垃圾箱上、我爸說我們很富有的那一刻，我雖然一下子措手不及，但對於他想表達的理念，老實說並不意外。他接著說那就是他所謂的「歷史洞察」。換句話說，重點在於一件事跟過去的時代比較過後，在你心中形成的看法。

「我們過得比古代的歐洲王室還要好。」老爸說。我坐在他旁邊數蒼蠅，尋找等一下要帶回我們那台破露營車餵豬吃的食物。「比一般住在城堡裡的中世紀國王好太多了。」

「你怎麼知道？」

無論我有沒有開口問，我知道我爸都已經蓄勢待發，準備跟我分享他對財富的看法，而專心聽人說話是一種禮貌。

「他們沒有電，這就表示他們沒有冰箱，所以食物腐敗是常有的事。現代人就沒這種困擾。」他暫停片刻，我知道他想起那台自己東補西湊、好不容易才修好的冰箱。「再來，我們有自來水，還有馬桶幫我們沖走排泄物，所以才不會生病。」

「噢。」我說。希望這場對話到此為止，因為話題已經硬生生脫離現代經濟，往古代排水管的方向發展了。

沒那麼好的事。老爸步步進逼，勢不可當。

「你不想知道古代人怎麼上大號嗎？」

「呃……」

「城堡的高牆上挖了個洞，上面架個小板子，人就坐在板子上，然後你知道……他們稱之為『長洞便所』，藉助地球引力的力量。」他若有所思地點著頭。「從那裡掉下去的東西，很多大概最後都會浮在護城河上。雖然這不是最衛生的處理方法，但當吊橋收起來時，絕對能讓想從護城河游過去進攻城堡的敵人卻步。」

我爸的務實之處，說有多怪，就有多怪。雖然可能性很低，但哪天我們要是有自己的城堡和護城河，我永遠不必擔心老爸不知道正確的保養和維修方式。從他高度肯定卡蘿的「撲殺臭鼬神技」這點看來，也難怪他對古代排水系統那麼讚嘆，畢竟在他眼中，這兩種可都是高明的家園保衛策略。

如我所料，聽我轉述完這番衛生奇談之後，普得完完全全陶醉其中。他幾乎把我爸當成神一樣崇拜，認為他是個天才。而且普得絕對不會放過討論人類生理機能的機會，所以當我告訴他古代便所的事，他點點頭，說：「他說的是『下水道鱒魚』。」

「什麼魚？」

「清潔隊員都這樣稱呼我們留在馬桶的東西。」

我腸胃一緊。下午到超市外面把垃圾箱裡的軟爛萵苣和發黑香蕉裝進桶子帶回家餵豬，害我的鞋子有股臭味久久不散，已經讓我有點想吐。

但普得臉上卻掛著微笑，顯然很佩服我爸什麼都懂，說不定還覺得我很奇怪，為什麼不好好把握機會，跟一個明顯做過研究的專家多學學護城術與人類糞便之關係的高深學問。

普得的腦袋運作方式跟我爸很像，說話喜歡東拉西扯，他認為我爸懂很多學校不會教但我們應該要知道的事，而且那些事都超級有趣。

但這些全都跟我和老爸之間的真正問題無關。真正的問題在於，我們家明明不富有，他卻認為——不，他是真的相信——我們很富有。

本來我也都無所謂，要不是……

出現了一個女生。

3 讓我們繼續看下去

我說的可不是隨便任何一個女生，而是獨一無二的那個……

她叫佩琪，有一雙讓人覺得像是望進深潭的綠色眼睛，一頭濃密的紅髮，鼻子上的雀斑數量恰到好處，排列的順序也是。她在學校跟我同年級，大家都喜歡她，我從來沒看過她對任何人凶巴巴、假惺惺或尖酸刻薄，在我看來，這在國中簡直是奇蹟。學期最後一天，我在走廊上聽到她的笑聲，從那一刻起我就死心塌地愛上了她。我一定聽過她的笑聲幾千幾萬次，因為我從幼稚園就認識她了。但普得說，這種事——認出自己的真命天女——沒什麼道理好說，知道就是知道。而我就是知道！

只不過，她還不知道我的存在。我是指，還不知道我是一個她可能想一起作伴的人。

我確實希望她知道我的存在，知道我是她可能想一起作伴的人，而我跟我爸的最大問題就在這裡。

我跟大家格格不入。

因為我們家的生活方式異於常人。

即使根據我爸的看法，我們比中世紀國王更富有，大號還不會掉到護城河裡，但我們家沒錢或厄多或比特幣或現代人視為財富的東西這點，就表示我沒有也不能花很多錢買正常的衣服或其他各種東西，好讓大家能接受我。

甚至注意到我。

普得說我的外表不太像樣，他還曾說我有點邪門。但當時剛好是他想成為英國人的時期，所以任何事不是「邪門（dotty）」，就是「啵棒（smashing）」，或是「光榮（cricket）」[1]。

他的各種時期通常只會持續一星期左右，只有一次例外。那次他相信自己是維京海盜的後代，怎麼樣都要找到一個能讓他燒殺擄掠的海岸。最後他只能半夜去偷襲烏爾夫·彼德森的花園，打算偷摘他的番茄，然後把番茄當蘋果一樣啃。因為他說維京海盜吃東西就是這麼粗獷，發出稀里呼嚕的聲音，汁液從下巴流進鬍子。差就差在他沒有鬍子，而且腳還沒踏進番茄園就給彼德森逮到。彼德森是個園藝狂，浣熊讓他很頭大，他便半夜守在外面逮浣熊，結果逮到一個維京海盜。那次也讓普得知道原來維京海盜也會怕痛，特別是當一個勃然大怒的園藝愛好者把鋤頭柄朝他背後丟過去的時候。

1 編注：以上這些單字皆為英式用語。

想也知道，我爸說，就算我沒有適合的衣服能融入大家，讓我在佩琪面前看起來比較像樣，那也無所謂。因為那些都只是作秀，像活在電影布景裡一樣，空有表面，缺乏內涵。而人哪，最重要的就是內涵——他又扯到這裡了。

有個好例子可以說明老爸對我們還有對內涵的看法。

我決定我想要一台漂亮又多功能的腳踏車。我從小就很會騎腳踏車，甚至騎過一段時間的越野腳踏車，現在卻想要一台帥氣拉風、還有二十一段變速的代步工具，可以真正騎著它到處去。當然，這也是為了看起來比較像樣跟引起注目。

但那樣要花錢。

真正的錢。由政府發行、資本經濟認可、社會大眾用來買賣交易的法定貨幣。

一台全新、品質還不錯、多功能又好騎的腳踏車，可能要好

幾百美金。如果再誇張一點，要找一台真正能上山下海的帥氣腳踏車，甚至要花上兩三千美金。

我沒那麼貪心，當然也知道我們不可能買得起。但我還是想要一台好騎又耐操的腳踏車，能在暑假期間騎去探險，秋天開學又能騎去學校，看能不能幫助我擺脫怪咖一族，甚至只要被人注意到都好。這樣我至少能試著融入大家，在第一節上課鈴響前，跟其他同學在腳踏車車棚聊天打屁。「其他同學」指的就是佩琪。因為夾在一大群捧著書的書呆子和蹦蹦跳跳的調皮搗蛋鬼裡，一起從公車上走下來，遠遠比不上我想像中的酷帥畫面：騎著我全新的二十一段變速腳踏車到學校，放鬆隨興地坐在椅墊上，放開手把，這樣才能很酷地跟在校門口打轉的每個人點個頭或輕快地揮揮手。「每個人」指的當然也是佩琪。

可是，當我說我想要一台腳踏車時，老爸拿了筆記本和鉛筆要我坐下。他說：「我們來把你要找的東西清清楚楚寫下來。」

雖然知道這下慘了，麻煩大了，但我還是說：「我知道我們買不起很貴的——」

「告訴我你想要什麼樣的腳踏車，或者應該說『需要』。」

老爸總愛提醒我要捫心自問：「兒子，想要和需要是不一樣的。你要確定自己表達的，永遠是你心裡真正的意思。」

「告訴我，你認為自己需要什麼，」他再次強調，「然後我們再來想辦法。」

這就是我害怕跟他談的原因，而且如我所料，也是他最後做的事。我們——其實是他——想出了辦法。而且是用能量，不是用錢。

我認命接受了這無可避免的結果，寫下他要我寫的清單交給他，然後就不管他了。我知道爸對於時間的拿捏有多隨興，而我對腳踏車的需求又有多迫切。我太了解他了，想也知道他絕對不會買腳踏車給我，甚至會把整件事忘得一乾二淨。於是我開始思考，要怎麼打工才能賺到足夠的錢去買腳踏車。

「你可以去賣腎。」普得提出建議，此時我們正坐在河邊抓鯰魚。「錢很多但腎壞掉的大富翁常會砸大錢買腎，況且你有兩顆。或是肺，你同樣也有兩片。賣腎和賣肺都能賺很多錢。書上常看到這種故事。」

「你到底是看了什麼鬼？」

「推理小說。電視上也有演。之前我看過一部電影，裡頭有個瘋子到處去把人打昏，挖出他們的腎臟賣給有錢人。那傢伙隨身帶著保冷箱，裡頭放冰塊，免得腎臟臭掉。還說買主喜歡新鮮的腎。」

「普得，我很擔心你。真的很擔心。」

他哼了一聲。「我的意思不是說我們去偷別人的腎臟，而是找個買主，這樣你就可以把自己的一顆腎賣給他，到時候你要買十台腳踏車都沒問題。我只是想幫你忙。我甚至有個不錯的保冷箱可以借你，是我在車庫大拍賣找到的。」

我盯著他看了很久。他的嘴角微微上揚，半像認真，半像在說笑。但話說回來，普得最近幾乎隨時都笑咪咪，可能是因為他剛買了一台很炫的無人機，所以心情很好。那是他從另一個車庫大拍賣挖來的，缺點只有表面有些凹痕和少了說明書。

他說這次是他打破「青蛙飛行高度紀錄」的大好機會。

「謝了，普得，但是賣腎這個選項我還是先跳過。」

當我們忙著抓魚，帶著普得的無人機到處晃時，我爸也沒閒著。他去做他認為一個老爸該做的事——而且不能花錢，要花能量。

小鎮北端有個名叫奧斯卡的老人。他住的地方破爛到極點，相較之下我們家簡直先進又豪華。我從沒聽說過他姓什麼，大家都只叫他老奧斯卡。不過我不確定有沒有人能在他身邊待得夠久，久到能問出他姓什麼，因為顯然從來沒有人看他洗過澡。甚至洗臉。根據我的想像，他在所經之處留下的氣味會形成一朵綠色的雲，有各式各樣的昆蟲在裡頭飛，讓你想起老舊廢棄的豬舍，還有放在陽光下一整個週末、早就壞掉的馬鈴薯沙拉，或是你忘在冰箱後面的生雞肉。別忘了，我可是一個跟一隻聞起來像臭鼬的比特犬睡在一起的人。不過，奧斯卡有塊十幾英畝大的空地，上面長了灌木，稱它為舊貨堆甚至垃圾場都太過含蓄，因為他從來沒有——完完全全從來沒有——丟過任何東西。後來有人發現老奧斯卡會「留著」東西，就開始把他們從地下室、閣樓或車庫清出來的雜物帶來給奧斯卡。

奧斯卡一向來者不拒。有人拿東西過來，他就朝著後院點點頭，要他們把手上的東西跟「後面其他跟你拿來的玩意兒長得很像的破銅爛鐵」放在一起。

我百分之百確定，每次普得說在車庫大拍賣挖到寶，其實就是他在奧斯卡的後院找到的。他只是假裝不愛奧斯卡的那堆舊貨，因為他知道我對於我爸是奧斯卡的頭號大顧客（參見：第十頁的「一九五一年雪佛蘭皮卡車」；第十頁的「抽水機」；第十一頁的「冰箱」）有什麼感想。

「奧斯卡那裡有一大堆大家不要的東西。」普得說。他還不想就這樣放棄賣腎的提議，他想到還有另一種能弄到腎的方法，因為有次我爸從奧斯卡那裡回來，我們看到他從貨車上搬了一個箱子下來。「我有種感覺，只要我們去他那裡努力地找，說不定就能找到有錢人想要的腎臟。雖然不會太新鮮。」

奧斯卡已經很老了，幹這行幹了一輩子，十幾英畝大的土地擺著這裡一堆、那裡一堆的舊貨。其中有鍋具堆、爐具堆、熱水器堆、洗碗機堆，還有好多個流浪貓的窩（所以給自己挑隻新寵物之餘，你還可以找零件回家修理漏水的洗碗機）。而在院子靠近盡頭的地方，甚至有一堆亂七八糟的廢棄腳踏車疊到超過三層樓高。

所以。

我爸很欣賞奧斯卡和他的舊貨堆。那完全符合他「花能量、不花錢」的人生哲學。為了證明奧斯卡的寶庫（他都這麼稱呼。不是舊貨堆，不是垃圾場，也不是可能危害健康的囤積症，而是「寶庫」）有多麼方便好用，他利用他從奧斯卡的舊貨堆找來的東西，幾乎徹底改造了我們家的那台雪佛蘭（那部「經典」）。在這裡我一定要再次強調，雖然那台車開起來完全沒問題，很省油，一下就能發動，它看起來卻還是像一堆稍微翻新過的破銅爛鐵（按照普得現在的標準）。

不是我嘴巴壞，事實就是如此。

破銅爛鐵。

因為奧斯卡那裡比舊物還多的就是生鏽的舊貨。而我爸在意功能更勝於外型。他說只要能用，外表長怎樣都不重要。這點對接下來的故事很重要，請務必記住。因為同樣也很重要的是，當你十二快十三歲的時候，外型凌駕功能才能讓你看起來比較像樣。

我們住的地方後面有間老舊的機房，我爸把它改成工作室，在那裡進行他所謂的「計畫」。

他會把自己關在裡面好幾個小時，打造和改造各種他認為會讓我們過得更好的器具。

有次他變出一個「雙倍動力超級攪拌機」之類的東西，發出的聲音像F-16噴射戰鬥機正要起飛，因為他想用有機花生在「幾秒內」就做出「更健康」的花生醬。第一次用它時，老爸忘了按住蓋子，結果蓋子飛出去，我們花了好幾個鐘頭用力刮掉黏在天花板上的花生醬（痕跡到現在還在那裡，老爸稱之為「真正的廚房藝術」，不肯刷油漆把它蓋過去）。事發當時卡蘿剛好也在廚房，直到今天牠只要一進廚房就會對那台攪拌機狂吠，甚至死都不肯接近花生醬果醬三明治半步。別忘了，牠可是會把臭鼬分屍再吃進肚子的惡犬，而且從牠身上的疤痕看來，還打贏過不少次架（爸說對手可能是狗，但也可能是熊，或許還有一兩隻蜜獾，畢竟在那一區什麼都有可能發生），可以說是天不怕地不怕。

普得認為我爸異於常人，比較類似於特立獨行的瘋狂科學

家，但他「很尊敬我爸全心投入、不達目標絕不罷休的精神」。
（這是普得的「我想成為海豹部隊成員」時期。後來他不知在哪讀到海豹隊員每次要執行陸海空特殊任務前，光暖身就得做上一百六十五下伏地挺身。特殊任務包括但不限於祕密進駐人員，還有冒生命危險撤出敵方的重要人員和世界各地的恐怖分子。結果普得將近一個小時才做了十六下伏地挺身，最後躺在地上嗚嗚啊啊，淚水和口水流滿地，但他本人稱之為「男子漢的眼淚」。乾嘔完後，他決定對他來說，當海豹隊員的智力挑戰度或許不夠高，選擇電機工程師或語言學教授之類的行業，說不定更適合他。）

把我想要——不對，是需要——的腳踏車清單交給老爸之後，我跟普得就開始拿他那台半新不舊的無人機來做實驗。至於實驗什麼，我還是少說為妙，只能說當那隻青蛙的迷你安全

帶在一百一十八公尺又六十四公分高的地方斷掉時，牠大概幾乎達到了終極速度（還在草皮十點七五英尺〔相當於三百二十八公分〕以內的範圍，沒超出美國政府規定。這挺難的，因為青蛙比較難固定）。後來我們都稱這次實驗叫「重力導致的高速青蛙之測量實驗」，提到時還雙眼低低，手放胸口。

我們忙著做筆記，規畫更成功（意思是，對兩棲動物不那麼致命）的飛行實驗。我堅持從此以後只用非生物來練習，普得勉為其難答應了我。多半是因為他很難過無人機毀了。我們一邊撿碎片一邊清理青蛙屍體，免得被卡蘿搶先一步，這樣才能把我們的空氣動力學實驗夥伴的殘骸好好埋了，送牠上路。但我很難不發現，到處不見我爸的人影。

我可不是個「徹頭徹尾的傻瓜」（再次借用普得的英國人時期用語），當然用猜的也知道我爸在做什麼，尤其自從我列出清單給他後，他就常在老奧斯卡的院子和自己的工作室之間來來回回。再加上我有種不好的預感，這就足以證明事情一定跟我即將得到的腳踏車有關。

看到小窗戶一閃一閃，透出焊槍發出的光時，我有點擔心。老爸有種詭異的才能，只要用那支焊槍，就很容易不小心引發火災。但這次沒看到冒出火焰，所以我就沒去吵他（但我還是從水槽底下翻出修理過的滅火器，以防萬一）。話說回來，我跟老爸對時間的觀念就跟對富裕生活的看法一樣天差地別，因此我根本不指望他及時變出一台腳踏車給我，好讓我在佩琪面前留下好印象，所以也就沒必要去查看他的進度。

我轉而把心思用來找打工，最後找到了幫人修剪草坪和打掃車庫的工作，但這些工作對於快速致富都沒多大幫助。後來我去了幾家速食店應徵，卻發現我年紀太小，不符合應徵資格。

普得說這根本就是年齡歧視，我們應該發起示威遊行表達抗議。我提醒他，只有兩個人達不到太大的抗議效果。他說，那我們應該把這件事張貼在社群媒體和超市的布告欄上，拉更多人一起爭取降低速食店店員的法定僱用年齡。

我實在不想說，但我知道普得一定想都沒想過，假如我們真的這麼做，我在學校永遠都別想融入大家了，因為到時候我在所有人眼裡，就成了意圖破壞《聯邦童工法》的神經病。聽到自己的方法行不通，普得大受打擊。為了逗他開心，我跟他說了我去應徵時碰到的一件妙事。去炸雞部門應徵時，有個在後門外面休息的員工告訴我，我沒應徵上實在太可惜了，因為這樣我就不能跟他一起工作，永遠不會知道把雞肉以外的東西浸過麵糊再放進油鍋裡炸有多酷。想到他不知道炸了什麼東西，我心裡就發毛，奮力要把這件事忘掉。但普得卻立刻開始列出各種可能，誰叫我碰到那個油炸小子的地方，剛好就是放垃圾箱的那條巷子。

於是我決定以後要少吃油炸速食，也不是說平常有多常吃（因為我爸，你知道的）。說時遲，那時快（借用普得認為自己可能會成為高收費律師，或是英國法醫學家兼私家偵探時期的用語），就在我腦袋放空之際，普得突然說：「我們得回去那裡。」

「基於哪門子的肯德基炸雞理由？」

「調查他到底放了什麼進去油鍋裡炸啊。」

「你腦袋秀逗了嗎？最好的情況是，就算他指的不是雞肉，至少還沒超出食物的範圍，因為我聽說過有人會把糖果棒或餅乾拿去炸。只是他看起來不像愛吃甜食的人，反而像什麼事都做得出來的壞蛋，是那種女生上體育課學防身術時被警告要注意的那種人。相信我，你不會想要回去自找麻煩。」

就在這個時候，普得直直站起來，深吸一口氣，一臉趾高氣揚（這詞真帥，來自普得認為自己可能從政、發表很多演說的時期）。

「你知道蘇格拉底是怎麼說的嗎？」

「蘇格拉底？」

「對，你知道，就那個希臘哲學家，生於西元前四七〇年前後……」

「蘇格拉底？你要引用蘇格拉底？」

「沒錯。聽好了：『未經檢視的生命不值得活。』」

他豎起一根手指頭（或許是要讓時間暫停一秒，迎接之後的掌聲，因為他說每個傑出的政治人物都知道如何「讓金句停格」——他的名言佳句，不是我的——給聽眾掌聲喝采的機會），直視我的眼睛（與人眼神接觸是國家公僕贏得信賴的關鍵）。「所以你絕對有必要回去，好好調查那個思想前衛的油炸速食創業家放了什麼進油鍋裡炸，因為你絕對不希望這件事變成你未經檢視的生命的一部分。」

「我還是先跳過。免談。」

「這樣的話，唯一值得我們花時間和精力的另一件事，就是去調查你爸到底把自己關在工作室裡幹麼。」

說的好像我們都不知道他正在「想辦法」幫我變出一台腳踏車一樣。

4 來自地獄的腳踏車

至於我爸要怎麼幫我變出一台腳踏車，方法當然天知地知、你知我知。要不是普得，我大概不會跨越雷池一步，在列出清單之後幾個禮拜就叫我爸讓我們看他的工作成果。

但普得很好奇，而且反正我爸說他就快大功告成了。

老爸利用他從老奧斯卡的舊貨堆找來的東西，為我打造了一台腳踏車。普得說他「全神貫注投入任務，充分發揮創新精神」，燃燒自己的能量（而非金錢），拼裝出一台我爸所謂的「全體腳踏車的終極進化體」。

這不是「隨便任何一台」腳踏車，而是「獨一無二」的腳踏車。我的心情稍微振奮起來，因為我要騎著這台即將揭曉的腳踏車，去迎接那個「獨一無二」的女孩，而不是「隨便任何一個」女孩。

成果揭曉之前，老爸故作神祕地說，他把老奧斯卡的舊貨堆整個翻了過來，終於找齊了「最棒的零件」。他說：「我要的是品質，孩子，不只是功能而已。」

我對這點保持懷疑，但我看得出來我勢單力薄，因為老爸和普得都兩眼發光，對揭曉最終成品充滿期待。說「揭曉」完全不誇張。只見老爸揭開成品上的防水布，外加一個只能用「浮誇」來形容的動作。

普得拍手叫好。

我發誓我爸拭去了臉上的一滴淚。

我咬著嘴脣，做了幾次深呼吸練習。

「就算有錢買全新的零件，不用到處找免費的零件重新組裝，」普得邊說邊研究我爸的傑作，「成品大概也比不上這個的一半厲害。」

「而且比起為了愚蠢膚淺的消費大眾所量產的商品，這件原創作品的品質好太多了。」老爸邊說邊扶我坐上車，在我們家那條到處是泥巴的陽春車道上，搖搖晃晃試騎幾圈。

容我為各位形容一下：

老爸確實找到了最完美的密封軸承花鼓。「滑溜順暢到如果把腳踏車上下顛倒擺，再伸手轉一下前輪，那麼就算你去吃完午餐再回來，輪子也還在旋轉。」爸說。

我不知道為什麼會有人這麼做，但他跟普得都認同地點著頭，好像這就是車輪軸承存在的意義——自顧自地無限旋轉。

金屬踏板同樣輕輕一踩就能轉動，而且是無束帶的金屬定趾夾。「輕到你完全沒感覺。」普得說。他甚至叫它們「空氣踏板」。因為當他興奮地跟我換手，與這部夢幻逸品「培養感情」時，腳下的踏板簡直像要飄起來。

拉絲鋁合金曲柄連著前面三個亮晶晶的大齒盤和後面飛輪的七個扣鏈齒輪，合起來總共有二十一段變速。

「太完美了。」普得說。他在我們的院子轉了好多圈，最後停下來跟我爸握手，恭喜他的成果。「地表最強，什麼都比不上。」

前面的煞變把和後面的齒輪都順暢無比，快如閃電，彷彿光用意念就能切換撥鏈器。輪圈的材質是拉絲鋁合金，不但堅固，而且只有輕微鏽蝕。輻條的鬆緊程度恰到好處，與輪圈達成精準的平衡。輪子又窄又輕，既能在街上飛馳，碎石路應該也應付得來。還有，那個用舊貨堆裡雜七雜八的車架上拆下來

的金屬管所拼裝成的特製車架，焊接的技術神準無比，絲毫不留痕跡，完全看不到接縫，彷彿是液態金屬一體成型做成的。

我提過煞車了嗎？還沒？好，一樣無可挑剔的碟式煞車，既靈敏又有力，只要蜻蜓點水般輕輕一碰煞車手把，原本騎起來像是在太空中漂浮的腳踏車，就會立刻從外太空回到地球上。

這樣形容下來，聽的人應該會覺得這台車簡直好得沒話說。

確實是。

就差一點點。

因為我老爸可是稱霸「差一點點王國」的大王。

除了以上那些沒得挑的優點，只有一些些小地方——真的小到不能再小——讓這台結合機械天才和完美設計的驚人傑作，難以成為我夢想中的腳踏車。

首先，我爸所設計、打造的是一台斜躺式的腳踏車。

某方面來說也ＯＫ。斜躺式腳踏車好玩，速度又快，跑起來也很順。除非你遇到很陡的斜坡。因為你基本上是躺著騎車，所以動力完全來自於雙腿，而且你的腳踩在踏板上往前伸，高過前輪，所以沒辦法把身體的重量往前壓，增加動力來克服物理啦、角度啦，還有地球引力的拉扯。這表示爬坡時你會滿身大汗，因為得更用力踩。這也ＯＫ，因為只要切成低檔，然後踩快一點，車子還是會慢慢爬上斜坡，慢到車子可能有點搖搖晃晃，雖然這樣真的超慢，但終究可以辦到。

我有說過我們學校在斜坡上嗎？很陡的斜坡？大概沒有。如此這般，我帥氣又輕鬆地騎車滑進學校腳踏車車棚的美夢，一轉眼被以下噩夢取代：我平躺在腳踏車上，瘋狂高速地踩著踏板，直到上氣不接下氣、兩腿抽筋，車子卻是以龜速前進。汗水滴下臉龐害我視線模糊，不但不像環法自行車賽的選手那樣英姿煥發，流進眼眶裡打轉的汗水還會刺痛眼睛，讓我淚眼汪汪，好像剛才在上學途中大哭一場。

這還沒完。斜躺式腳踏車讓你比站在你旁邊的所有人都矮一截，而且視野跟騎傳統腳踏車的其他人完全不同。

我說的「所有人」和「其他人」指的當然就是佩琪。我看過她騎普通腳踏車，跟大家一樣。

所以說，我想盡辦法要讓學校最棒的女生（不只是我們學校，很可能還包括有史以來世界各地的中學）把我當作正常人一樣看待，而我爸嘔心瀝血的傑作，卻給了我騎著一台自製的斜躺式腳踏車、像個天下第一號大怪胎出現在她面前的機會。

「嗨，上面的。」我想像自己喘著氣說，同時奮力坐直卻力不從心（我應該說過我的身體討厭我，而最討厭我的部位就是腹肌？）。猜也知道她會左看看右看看，不見周圍有人，垂下眼睛時終於看見我：一個半躺半坐、自力推進的變態怪胎踩著踏板，視線高度剛好對著別人的屁股，而且……

不。

這不是展開一段關係的好方法。

最慘的還在後面。就算我為了給她留下好印象所付出的努力沒搞砸——前面我形容她的頭髮和眼睛之前，應該先說一下佩琪的個性超好，她人好得不可思議，說不定不會介意我以兩足動物登場的怪模怪樣。偏偏我爸最後來了個畫龍點睛。

椅座。

說實話——雖然這不是重點——我覺得非常舒適好坐。老爸用焊接得很漂亮的金屬管做支架，後躺的角度也抓得剛剛好，前沿把我的腿往上提，讓兩隻腳剛剛好踩在踏板上。

完美無缺。

但是別忘了，前面我就說過我爸看重的是實用價值，從來不會注重外表美醜。外表這件事，在他的設計過程中排名第二，而且是距離第一很遠的第二。所以椅座好坐歸好坐，大小對我來說也很剛好，可是……

他在上面裝了一個皺巴巴的塑料軟墊，墊子上印著大棕櫚葉和鮮豔的紅鶴，顯然是他從奧斯卡的舊貨堆挖來的休閒椅上拆下來的。那把休閒椅放在某戶人家的泳池邊大概已經無數個夏天，因為紅鶴已經不再是豔麗又搶眼的橘紅色，而是變成有點灰灰的粉紅色。棕櫚葉的叢林綠也褪成淺淺的苔蘚綠，因此整幅圖案沒有濃濃的熱帶風情，只有淡淡的花草氣息。

「看起來像我住安養院的阿公到冬暖夏涼的門廊上晒太陽時，會坐的詭異沙發，」普得說，「只不過多了輪子。」他開心看著沐浴在陽光下的腳踏車，底下的支架看來是哈雷機車的停車柱。

老爸把車架漆成黑色。不是噴漆那種帶有光澤的黑，而是顯然用粗糙的刷子漆成的扁平黑，所以有些地方透出底下的原色，甚至是鏽斑。整台車因此看起來髒髒的，好像得了病，姑且稱之為「腳踏車痲風病」好了。顏色扁平的油漆彷彿會吸光。我眨眨眼，看影像會不會變清晰，但沒用。光線只要照到某個角度，就會形成閃爍不定的視覺幻影，看起來就像新時空連續體的入口。

我萬萬無法想像騎著這台腳踏車去上學，或去大賣場，或去任何地方。一邊踩踏板，一邊吸收光線，所到之處都會形成一個迷你又輕便的黑洞，就這樣來到佩琪旁邊矮好幾顆頭的地方，像個陰魂不散的神祕黑影，熱情洋溢地跟她的屁股打招呼。

絕對不行。
我是說腳踏車。
我非得做些什麼才行。
我是說我爸。

5 小狗來解圍？

一開始我想過要離家出走，甚至認真思考過一陣子（我說的「一陣子」，就是想像自己騎著這台腳踏車去上學的那幾秒鐘）。只要能逃離我爸、他的人生哲學，還有他看待生活的方式，怎樣都好。因為他，我做什麼事都比別人辛苦。

我可以逃去別的地方，或許去西部，然後在牧場上找份真正能賺到錢的工作，而不是幾袋米或乾豆這類我爸認為的最佳報酬。

牧場的工作不但會讓我變壯，也能讓我存下一筆錢，最後我回到這裡時就會變得又高又黑，一身古銅色皮膚，說不定不用再戴眼鏡，腹肌也會變得跟石頭一樣硬，然後在路上巧遇佩琪，然後……

我趕緊回過神，別再亂想，免得說出什麼丟臉的話，讓普得逮到機會狠狠嘲笑我「瘋瘋顛顛」（他的英國人時期的另一個愛用語）。

再說，他很愛那台腳踏車，覺得這整件事也太爆笑，還開始稱我的車為「你的養老院哈雷」。

「最讚的是，」他說，「它讓你看起來年紀更大，比較成熟，大概有七十五歲吧。如果你騎得夠久，說不定臉上會漸漸爬滿皺紋，像我阿公一樣要從每個人的耳朵後面變出硬幣，只不過現在安養院的人都防著他，跟他保持距離。他如果不遵守『尊重每個人的私人空間』的規定，就不能看自己想看的節目。雖然他說大家這樣只是因為不喜歡魔術，這種心態很不健康。」

「普得，別再扯東扯西了。這件事很嚴重。無論是什麼原因讓我爸那麼……像爸爸，問題似乎都一天比一天嚴重。昨天晚上吃飯的時候，他跟我說他正在考慮把舊布料補一補，自己縫衣服來穿，因為他說史前時代甚至還沒有金錢的概念，人類就這麼做了。你能想像我上學時騎著這台……這台……會跑的草坪躺椅、死星等級的腳踏車，然後身上穿著用破布拼成的手工縫紉衣嗎？」

普得又露出那種笑。前面我說過，就是那種陰陽怪氣的微笑，讓你不確定他是不是在開玩笑。因為他說的話每次都很扯，完全不合理，但口氣卻又很有把握。總之，他現在又露出那樣的微笑。

「你這樣看這件事就完全錯了，」他說，「現在我們要做的呢，就是拍一部你穿著新衣、騎著新腳踏車的影片。我可以用

我的手機幫你拍，雖然它拍片的效果沒那麼好，有點糊。不過，我在想我們拍好後可以把影片上傳到網路。我已經建了一個頻道，只是缺少優質的內容。你知道，只要把影片上傳，我們就會累積觀看次數，等到有大公司開始想在上面放廣告，我們就能賺到摳摳。」

「不會吧。」

「怎麼不會？這種事我看多了。我研究過『自媒體』現象。你知道，如果我推銷成功……」

平心而論，普得的很多時期都只有三分鐘熱度，但也有一些他一直念念不忘，其中一個就是開公司。至於是什麼樣的公司或怎麼起步，他從沒詳細說過。不過他倒是先設計了公司的名片，還列出辦公室必備用品清單，包括一張升降式的站立桌可以架在跑步機前，或是搭配一顆瑜伽球椅，這樣就能「把工作效率和身體健康最大化」。普得打算當代理商或廣告商賺大錢（「兩個一樣嗎？」有次他問，「還是我會成為第一個代理商兼廣告商？」），向人推銷構想（他提醒自己要隨身攜帶筆記本記下值得推銷的構想，只是普得老是忘了這個、丟了那個——筆記本和構想都是），然後累積摳摳。

「普得……」

「我現在腦中就有畫面。一開始你在遠遠的地方，所以只是個小黑點，然後音樂下，你愈來愈近，最後停在鏡頭前面，說——」

「夠了。」

「不對，不是這樣，你要說『大家好，我穿的衣服和騎的車，全都是用回收資源做的』之類的話。這樣才能打中綠能和環保市場，還有那些拚了命想吸引年輕族群、一直在尋找有說服

力的網紅跟他們合作的國際企業。他們總說今天的年輕人就是明天的消費者，還是未來的希望諸如此類。」

「你說完了沒？」

「還早呢，但我看得出來你心不在焉，因為你爸的事。好吧，你打算怎麼做？」

「我接受各種建議，但只限於好的建議。」

開玩笑的時候除外，普得這個人呢，朋友有難他絕不會見死不救，不幫你脫離困境他絕不放棄。或許是因為他有他所謂的豐富想像力，所以腦袋運作起來就像超強的人工智慧，有邏輯、有觀察力。怪的是那顆奇怪的腦袋和口無遮攔的嘴巴後面，竟然還有不算少的普通常識。我滿懷希望地看著他。

「我沒什麼想法，」他說，「一點概念都沒有。」

「我也沒指望你有，老實說。」

「重點是你爸好得沒話說，他隨時都在思考，也真的很關心你。能有他那樣的老爸，要我殺人我都願意。最近，我爸下班回家就只會給自己倒一杯他說的『晚上喝的葡萄酒』——就是紅酒，因為白酒白天喝，紅酒晚上喝——然後打開電視，一杯接一杯喝到上床睡覺為止。這禮拜他跟我或我媽說的話不超過四句，我甚至不確定他還記不記得我們的名字。你爸不一樣，他真的會跟你說話，看起來也真的喜歡你，在乎你說的話或做的事。根本是模範父親，除了……」

「除了什麼？」

「呃……」

「他腦筋有問題，對吧？」

普得搖搖頭。「怎麼會！他是天才好嗎！只不過他看事情的方式跟別人都不一樣……」

「他獨有的方式。」

普得點點頭。「沒錯。他看事情不看表面，而是最理想狀況下的樣子。」

「反正不是我要的方式。」

「就是這樣。」

「所以我該怎麼辦？」

「再簡單不過，我親愛的華生。」（普得有一陣子想成為像福爾摩斯一樣的偵探，包括但不僅止於他的英國人時期。後來他還是喜歡亂引用柯南・道爾爵士的名言，但他說柯南・道爾其實從沒寫過這句。）

「請您開示。」

「你必須幫你爸重開機。」

就這樣。簡單明瞭。

「他是個大好人，只不過在當爸爸這部分需要做一點調整。你必須改變他，讓他成為你能夠一起生活的人。或是能夠跟你一起生活的人。」

自從我們去年的英文老師強森女士經歷過他說的「醜小鴨變天鵝」的階段後，普得就開始注重文法規則。普得覺得如果他長大成為英文老師，他們可能會在教師會議上遇到，所以……這麼說吧，我不是唯一一個想法不切實際的人。

「我要怎麼幫他重開機？」

「我哪知。」普得搖搖頭，然後聳聳肩。「人又不像筆電一樣，不是把他關掉十或十五秒再開機，他就會自動調整到你想要的樣子。我只知道要做什麼，但不知道要怎麼做。」

但就在當時，就在那一刻，命運出手了。

通常你不會知道命運何時到來，直到事情過後才恍然大悟。

但那一刻，在那個節骨眼（同樣是從普得那裡聽來的詞，他走來走去念念有詞地說著：「在這個節骨眼，原告坦承前述為真，他喜歡浪費力氣在……」），命運採取了行動，為我獻上可能助我解決問題的妙計。

小狗。

戲劇性的停頓。

我猜你對於小狗能夠解決我的問題大概有點存疑。不是說我要去收養一堆小狗，轉移我爸的注意力，雖然一堆小狗是滿能分散注意力的。一堆小狗比一籃子小鴨可愛多了，而小鴨在我看來又比跟毛線球一起放在桌上的一堆小貓可愛得多，不知道佩琪喜不喜歡小狗……

離題了。抱歉。

普得發現了。他在旁邊看我寫的東西，擔心我矇了，不出兩個禮拜就會失去動力和理智。（目前他正努力成為維多利亞女王時代的英國作家。偷偷告訴你：他還得先去查「矇」字是什麼意思才敢用，因為一開始他以為這個字指的是某種半夜使用的軍事設施。）

也就是說，我正在跟普得討論，而他知道要解決我爸的問題該做什麼，卻不知道該怎麼做的這刻——命運來敲門了。因為那一刻我抬頭一看，看見牆上掛著我們去買豬飼料和雞飼料還有狗食（小狗的靈感就這麼閃過腦海）的飼料行每年都會免費發送的彩色月曆。

那只是很一般的免費月曆，上面印了小牛、小雞和小鴨之類的普通照片。可能一個月換一張照片，有時會看到穀倉、廊橋、雪白山峰，甚至穿著格紋襯衫和連身褲、嘴裡嚼著稻草、望著遠方田野的美麗女孩。但主要還是小動物。

這個月的照片是一堆可愛到令人分心的哈士奇幼犬。

那讓我想起最近去店裡買東西的事。

那就是命運躲藏的地方。那就是命運要我去尋找方法的地方。

就在十九公斤重的狗乾糧裡。

因為你人不在現場，且聽我從頭說起。

事情是這樣的。平常我們不能把整袋狗食放在外面，因為卡蘿上輩子可能是一把鏈鋸，或是身上流著大獵犬的血液，而且牠老是在找東西吃，就算才剛吃飽也一樣。如果我們把一袋狗食放在外面，牠一發現就會把袋子當臭鼬一樣撕成碎片，然後吃進肚子。就跟吃掉臭鼬一樣。

但即使對卡蘿這樣的比特犬來說，吃掉十九公斤重的狗乾糧也是一大挑戰。牠會大吃特吃直到再也塞不下，然後吐出來繼續吃，不斷吐、吃、吐、吃、吐。可是因為牠是女生，格外注重禮貌，對自己的地盤有股強烈的自尊心，所以每次吐都會小心不要弄髒院子。牠會特地跑向露營車，爬上三層階梯，然後吐在門口。

「牠想跟我們分享。」普得說。那是他第一次看到卡蘿使出這招。「真可愛。」

「那是因為清的人不是你。」我說。鏟起一堆堆狗的嘔吐物，我心裡納悶為什麼狗食經過卡蘿的嘴巴和肚子之後會變成黃黃綠綠的花生鼻涕。我手上的鏟子就是我們用來鏟臭鼬碎片的那一把。

經過幾次我們稱為「嘔吐又復原」的事件之後，我們發現應該要把袋子打開，然後把狗食倒進金屬垃圾桶，上面再用蓋子緊緊蓋住，以防卡蘿掀開。那天我搬了一袋新狗食進儲藏室，先打開金屬桶的蓋子再撕開袋子，然後把狗食倒進桶子。

只不過這不是卡蘿平常吃的牌子，而是一大袋幼犬乾糧，是老爸在飼料行的降價商品櫃上發現的，因為這個袋子的一角破了個洞。破洞上貼了膠帶，除此之外都還好，所以看起來就像老爸平常會搶的便宜特價品。那天早上我把飼料倒進桶子的時候，看到狗食公司在袋子裡放了一本小冊子。

那本冊子跟著飼料一起掉出來，幾乎完全埋在飼料裡，但我看到邊邊一角，就伸手把它抓了出來。這類冊子多半是廣告或是其他商品的折價券，比方項圈或磨牙玩具。我很少認真看上面的內容，也幾乎看都沒看就塞進口袋，想說等下再拿去回收。

不過我還是瞄了一眼，那一眼就足以讓此刻的我意識到，命運正在對我猛打暗號。我從口袋拿出小冊子，低頭一看。

封面是一幅小狗的素描。圖片底下寫著一行字：

利用正向強化法訓練您的愛犬

看到沒？

命運。

老爸問題的破解方法，現在不就掌握在我的手中？

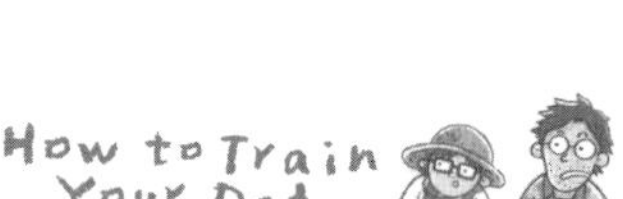

6 訓練你的愛犬

「『幼犬正向訓練法』的關鍵，就是獎勵好的行為，忽略壞的行為。訓練方法以含蓄而正面為佳。無論碰到何種狀況，都不應該大聲斥罵，或是硬要幼犬低頭嗅聞自己的排泄物。」小冊子上的第一段是這麼寫的。

好吧，我知道我爸不是小狗，而且他跟上面說的小狗之間有很明顯的不同。

但真的是這樣嗎？

我爸是哺乳動物，小狗也是哺乳動物，從科學上來看，哺乳動物的DNA差異其實並不多。

事實上，我記得我在哪裡讀過（更可能是我爸或普得在哪裡讀過，然後長篇大論又不小心離題的時候告訴我的），人類跟草皮之間的染色體差異應該只有十七或十八個。

而且我認為在某些情況下，差異說不定更少，比方像普得跟草皮。

這並不是說我可以利用這本小冊子訓練草皮，雖然我確實在哪裡讀過（應該也是普得或老爸告訴我的），如果你割掉院子裡的蒲公英，修剪過的蒲公英之後永遠不會長超過割草機刀片掃過的高度。所以說嘍，如果一個人能訓練蒲公英低頭躲過割草機的刀片，看來也有可能訓練草皮才對。不是為了節稅之類的目的，但或許可以防止野草從人行道的縫隙冒出來……

噢喔，我又離題啦。再次說聲抱歉，也要謝謝普得，因為他，我才會放慢速度（因為就算他沒把愛吃加工肉的習慣傳染給我，我這種說話愛離題的習慣肯定跟他脫不了關係）。

我把想法告訴普得的時候（就是告訴他我要用訓練小狗的方法來改變我爸的不討喜行為），他忍不住拿這件事來說笑，卻不欣賞它務實的一面。

「所以如果你逮到你爸在咬你的鞋子，你可以用『正向強化法』阻止他繼續咬？那如果他追著車跑呢？要是你發現他大在地毯上呢？」

「普得。」

「或是跳到別人身上，毀了人家的衣服——」

「夠了。」

「還沒呢，我三天三夜也說不完。要是你爸開始發情——」

「你再不閉嘴，我就把『末日之山』的影片上傳網路。」

我指的是一部（對他來說）丟臉丟到家但（對我來說）很有

趣的影片。他在裡面戴著一頂老舊的阿兵哥頭盔，穿著一件破爛又過大的飛行夾克，發出引擎加速的聲音，假裝自己是戰鬥機飛行員要去營救一個被壞蛋綁架到山頂上的女生，那附近剛好有個簡易機場，而機場的所在地就是「末日之山」。普得說這叫「方法開創」，還發誓說這讓他的構想更真實。那時候他正在研究一款新電玩，很有把握能靠這款電玩賺到大筆摳摳。他不知我把他構思的過程用手機錄了下來。影片就在我手上。我成功用這支影片要脅過他很多次。

「你敢？」

「我當然敢。」

「好吧……」他裝出認真的樣子，但我看得出他有點緊張。

「你要在他做錯事的時候使用正向強化法，就算他大在地上也不處罰他——」

「普得。」

「在我看來就是這樣啊。你不會是認真的吧？」

「虧你還引用蘇格拉底的話，想說服我回去找那個瘋狂廚師，看他到底是不是經常把政府沒核准的東西，丟進一般人都能去的餐廳的油鍋裡炸。」

「不然你會引用誰？」

「說真的，你可以看看小冊子上寫的東西，感覺只要稍微修改一下，那些方法就可能有效。」我的聲音中充滿希望，我心想，但那可能是哀求的語氣。鐵定是。「就像你說的，我不能離家出走，我還太小。再加上他是個好爸爸，我不該這樣對待他。我不想害他傷心。」

「正向強化法是嗎？懂了。那麼他把事做對的時候，你要怎麼做？」

「有那種時候？」

「好吧。如果。如果他做對事，你會怎麼做？」

「小冊子上面說要稱讚他。」

「如果他做錯事呢？」

「不是『錯』，只是『不正確』。而且不是『如果』，而是『當』。這點不用懷疑，所以是『當他做事不正確的時候』，因為他一定會這樣，我太清楚了。」

「你怎麼判斷什麼是對或錯——抱歉，是不正確？」

「我想我會知道的。」

「之後你要怎麼做？」

「小冊子上說什麼都不要做，直接忽略，別稱讚他。」

「要是沒效呢？」

「我還沒把整本冊子看完。」

「這樣啊。」普得嘆了口氣。「畢竟你這樣等於是要徹底改變一個人類的生活，不對，是哺乳動物，所以開始訓練你爸乖乖聽話之前，至少應該先把說明書看完吧？」

「你認為我一點成功的機會都沒有是吧？」

「絲毫不假。」普得的英國人時期的另一個愛用語。我很確定他不懂那是什麼意思，但他倒是提供了各式各樣好用的英國髒話，我特別喜歡「天殺的（bloody）」、「胡扯（bollocks）」、「蠢貨（bugger）」、「飯桶（git）」、「滾蛋（sod off）」這幾個。

「不過，」他接著說，「我會幫你的實驗做聲音和影像紀錄，方便以後研究，或許能用來做紀錄片的題材。如果可以把它放到串流平台上播放的話，這可能是一個賺摳摳的機會。你想你爸有可能告我嗎？」

有時候普得突然從一個時期跳到另一個時期，會讓我有點轉不過來。他可能原本是英國貴族，突然就變成想要賺大錢的廣告大亨，之後又變成大口啃番茄（或蘋果）的維京海盜，果汁流下他（如果有）的鬍子，腦袋想著要去哪裡的海岸搶他一票。每次他開始這樣的時候，我都會默默等到他說完，或至少一次只固定在一個時期。

我沒去理會他最近的生涯規畫，但我確實找來一本舊筆記本。普得說得對，是該記下這個實驗成功和失敗的地方。我得仔細做筆記，看看哪些方法有效。幸運的是，測試這套訓練法用在我爸身上是否奏效的機會很快就來了。

7 車庫大拍賣

想必普得會很樂意跟大家解釋，「車庫大拍賣」的概念其實很簡單，但不是指大家都要把自己的車庫賣掉。它的意思是說，家裡堆了很多破銅爛鐵的人不想再留著這些東西，所以就把東西從地下室或閣樓或櫃子裡搬出來裝箱，放到家門前的桌椅上或車庫前展示，賣給笨到願意用好價錢買下它們的冤大頭。

當然啦，我爸會把「破銅爛鐵」和「冤大頭」這種可以更換的字眼，換成比較溫和的「二手貨」和「撿便宜的人」。

我們家是車庫大拍賣的常客，我爸喜歡它們的程度只略遜於奧斯卡的後院。普得受他影響，也迷上了車庫大拍賣。以前我喜歡跟著老爸去亂逛，但是長大一點後發現他的車庫挖寶之旅漸漸影響我的生活，而且是不好的影響，我就不愛了。

況且前面說過，我爸看中的價值，一般人都無法理解。

就拿吊帶褲來說好了。

老爸認為吊帶褲是世界上最實用的一種服裝，穿起來舒服，有很多方便的口袋，料子又耐磨，穿很久都不會壞。

對十二快十三歲的我來說，「很久」就是「永遠」。

所以當他在車庫大拍賣發現幾件我能穿的吊帶褲時，他就主動說要幫女主人停在車道上滴滴答答的車子換油，以工換物，最後順利把褲子帶回來給我。褲子很新還洗過，所以他認為自己換到了好東西，而且好不容易找到發育中的男生實穿的衣服。

「你可以每天穿，穿著到處逛或清理狗狗的嘔吐物都很適合。口袋可以裝你需要的任何東西，而且很好穿。」

這些都無所謂，除了……

這幾件吊帶褲原本是女生穿的。雖然我穿起來確實大小剛好，也真如老爸說的可以「每天穿著到處晃」，但畢竟還是比較像給時髦愛漂亮的女生展現風格的服飾，而不是努力要讓自己看起來比較像樣的男生會穿的正常衣服。

吊帶褲上好多電繡布章，布章上印著可愛又輕浮的文字，例如性感寶貝或大正妹。我撕掉布章又把吊帶褲洗了一遍，但普得說墨水已經透過去，在丹寧布上留下永久的痕跡。

「一個人需要有強大的自信，才有辦法穿上屁股處繡著甜姐兒的粉紅色吊帶褲。就算褲子已經褪色，就算只是穿去釣魚和在院子裡玩無人機。」普得說。他顯然很難過真讓我說對了，我爸對我展現的父愛真的窘到爆。

我有說過褲子是粉紅色的嗎？

但老爸說那沒什麼，他只覺得真的是賺到了，而且無論如何，難道我不需要工作吊帶褲嗎？

要是老爸的車庫挖寶之旅以吊帶褲開始，也以吊帶褲結束，那就好了……

車庫大拍賣有個共同點：都會賣老舊錄放影機和八百年前的錄影帶。說到修理東西，壞掉的錄放影機是我爸的強項。再說他覺得電視多半都很難看，網路上的東西也不值得看，因此那些裡頭的演員在我出生之前就已經掛掉的老片錄影帶，對他來說具有不可抗拒的吸引力。

他尤其喜歡謀殺懸疑片，而且故事背景要是ＤＮＡ尚未廣為人知的時代，這樣偵探辦案時多少就得依賴自己的直覺。我爸認為，好的科幻片要是黑白片，搭配紙版裁成的怪物和外星人。我爸深信這些電影是「經典」，跟我們家的貨車和抽水機一樣，他沒辦法不把它們帶回家。這還沒完。他還得拯救和修理老舊的錄放影機，才能播放這些經典老片。

想像以下畫面：我穿著粉紅色吊帶褲，上面這裡一塊那裡一塊裝可愛的褪色文字，例如小可愛或小親親，上半身的T恤歪七扭八印著達拉斯輪胎修理與雞翅屋餐廳（老爸搬回一整箱，因為整批的標語都沒印好），腳下是一雙黑白兩色、只大一號（「你的腳很快就會長大」）的高筒帆布網球鞋，頭上一頂大草帽，帽子前簷的遮陽板是綠色的，帽帶是脫線的橘色麻繩，綁在下巴固定帽子。穿成這樣的我把一箱箱錄影帶和幾台錄放影機搬上貨車。我爸則在後門廊幫人換防風窗當作回禮。

嗚嗚，自從在佩琪面前看起來像樣的想法在我腦中出現，我就開始痛恨車庫大拍賣。

但就在爸拖我去每週一次的車庫大拍賣時，命運（還記得它吧？）再次出手，為我的「正向強化訓練老爸實驗」設下第一個考驗。

我們從市區要轉往拍賣地點，車上只有我們三個：我、我爸和卡蘿。卡蘿很愛去市區，喜歡坐在車上目不轉睛盯著前方，我爸說牠是在留意潛在的獵物，看有沒有東西可能威脅到牠的地盤。每次發現車庫大拍賣躍入眼簾，就是牠最愛的時刻。

卡蘿之所以那麼興奮，是因為我爸一看見車庫大拍賣就會切換成掠食者模式，卡蘿受他影響，看我爸的右眼就立即反應，兩個一搭一唱。（狗都是從人類的右眼感受他們的情緒。這是真的，是我聽普得說的。有狗的人可以看看自己的狗，沒有的人就去弄一隻來。普得說沒有人一生可以完全沒有狗，就算他老爸不讓他養也一樣。弄隻流浪狗來養，那麼你不只救了那隻狗，也救了自己。這也是普得說的，而他說錯的機率只有百分之二十六點五。賭他說對的勝算滿高的。）

獵物——堆滿東西的牌桌——就坐在夏天的暑氣中等待。

我們慢慢開車經過，看看他們葫蘆裡賣什麼藥。

「別讓人看出我們有興趣。」我爸一如往常地提醒我。卡蘿立刻接收到他的指令，看著那些二手貨的表情就像獵豹盯著一群羚羊，慢慢經過時避免正眼相對，像在看又不像在看。

車庫挖寶的規則很簡單。

仔細看，但不能讓對方看到我們正在看。

沒看到現貨絕不出手。那是血淚教訓換來的經驗。那次我們停在一堆密封紙箱前，老爸實在太好奇，忍不住下車去看並當場出價，因為還有別人也相中了那堆紙箱，而爸的掠食者本能凌駕了他的理性。結果回到家打開紙箱，我們才發現裡頭是用來裝打發奶油、卡達起司和酸奶油的容器，很臭還長霉。我們不但當下覺得噁心想吐，從此也對乳製品倒盡胃口。

想法要實際。正確的步驟是先找壞得不嚴重、老爸還能修理的工具，或是品質不錯的二手廚具、大小不會差太多的工作靴，還有可能撿到便宜的優質運動或休閒用品。也就是一般人會用自己辛苦賺來的厄多在大賣場買的日常必需品。（有次我們差點買到一艘雙人皮艇，但後來被一個願意付現的人搶走，他不像我們只幫賣家清水溝。）

詳細檢查想買的東西。另有一次我們以為買到一張看起來完美無缺的躺椅。到家才發現，椅墊下有一窩以彈簧為家的老鼠也跟著我們回來了，裡頭是一團臭烘烘的棉花、樹枝、草，還有——照味道來判斷應該是——尿把全部東西都黏在一起。由於老鼠會生更多老鼠，而且爸說牠們繁衍的速度快得嚇人，而他又是那種愛好和平的人，所以最後我們把椅子拖到外面，讓老鼠一家保有牠們的家園。

今天剛開始開車逛車庫大拍賣的時候，我想到了那張椅子和那窩老鼠，還有老爸從來不甩自己立的車庫拍賣規則的事。於是我決定，這是我應用我從那本《幼犬訓練手冊》學到的技巧的大好機會。

基本概念似乎很簡單：忽略壞行為，稱讚好行為。

既然「狗」（後來我開始改稱「受試者」，因為普得說這樣我晚上記錄時，感覺比較正式，比較像真正的實驗）開始出現不當行為，我正好趁這個機會練習忽略受試者和他的錯誤行為。

我不想讓受試者認為我對他可能做的事感興趣，並因此讓受試者獲得注意。

受試者渴望他人的注意。

我很快就發現，開車在別人家門前來來去去，努力觀察又不像在觀察車道上的雜貨時，要忽略你的受試者和惡犬在看又不像在看的東西，實在有點難，尤其你坐的車又是受試者開的貨車。

但我還是這麼做了。

我假裝不在意地望著另一邊車窗，不去看獵物（就是指可能的買賣目標），裝出對從頭上飛過的小鳥充滿興趣的樣子。

卡蘿上了我的當，看往我指的方向。等牠發現那只是一隻普通又無聊的小鳥，而我莫名其妙害牠把注意力從老爸的車庫尋寶轉到別的地方時，牠深深凝視我的眼睛。我有種直覺，牠完全知道我在搞什麼鬼，而且很不以為然。之後牠又回過頭，跟著我爸繼續留意又不像在留意從眼前掠過的二手貨。

受試者甚至沒抬頭看一眼小鳥。車子開過去時，我看得出來他相中一台破舊生鏽的划船機。但之後他搖搖頭，喃喃地說：「算了。」

我們加快速度經過，我以為這下總算安全了。這似乎是來點正向強化的絕佳時機。「好判斷，」我說（我差點說成「好孩子」），「這裡看起來沒什麼好買的。」

受試者沒反應。我們左轉好多次又繞回拍賣地點，我才意識到他不會那麼輕易就放棄。第二次經過時，他精神一振。「我好像看到一台我們或許能用的電動樹籬修剪機。」

他又繞回那個街區，在賣家前面的路邊停下車，直接走向樹籬修剪機，殺價殺到兩美金就直接賣下來。（價錢超過十元，受試者才會以工易物，低於五元他就會付現，這次他付了一張皺巴巴的一元鈔票加剩下的零錢。）問題是我們沒有任何長得像樹籬的東西，除了那四棵瘦巴巴的樹以外也沒有任何園藝造景，所以那兩美金感覺是多花的。

受試者和卡蘿之後又花了兩個小時（我生命中永遠拿不回來的兩個小時）尋找所謂的便宜貨，還有跟其他買主聊天，因為他們都是跟我爸氣味相投的好朋友。而我坐在車上看著窗外，故意不看拍賣的東西，忽略受試者的不當行為，也忽略我家小狗的不當行為。（卡蘿也有牠自己的血拼方式，但大多數人稱之為偷竊。）

「忽略不當行為」、「強化正向行為」的方法看來沒有顯著成效。

受試者還是照逛車庫大拍賣，買我們不需要的東西回家，卡蘿也偷了一隻兔子填充娃娃。

他們都忽略我在忽略他們，也沒有為了引起我的注意而停止他們的壞行為。

我用來訓練受試者的第一次嘗試徹徹底底失敗了。

8

第二階段

「真的是這樣嗎？」

訓練老爸的第一次嘗試失敗之後，我跟普得一起坐在河邊。我垂頭喪氣。「徹徹底底失敗」，我在實驗筆記本上寫下這幾個字。雖然不想承認，但我不得不說，筆記本放在我的粉紅色吊帶褲的前口袋剛剛好。

「你為什麼說它失敗？」

「我爸還是去了車庫大拍賣。」我回答。「我看他好像就快放棄了，就正向強化他一下。結果他還是死性不改，我只好忽略他的行為，還有車庫大拍賣這整件事。後來他直接跳下車開始……跟人家講價，顯然我的方法一點用都沒有。我甚至想利用小鳥讓他分心，結果他連看都沒看一眼。徹底失敗。」

「才一次。」普得說。

「什麼？」

「你才試過一次，一次而已，而且主要針對的是負面行為。你以為才忽略一次，小狗就不會在地上大小便？你得繼續試，再給自己一次機會。」

「我以為你不信這些。」

「大概吧。但如果你是玩真的，那我覺得你至少應該認真試試看。拿我來說好了，如果你忽略我一次，難道我會從此放棄青蛙飛行高度實驗嗎？當然不會啊。無論要投入多少時間和努力，我都會堅持下去直到打破紀錄。」

「我不覺得青蛙喜歡打破紀錄的飛行高度實驗。至少第一隻青蛙不可能。」說到這兒，我們都垂下眼睛、按著胸口表示悼念。「我敢打賭，如果有人問第一隻青蛙的意見，牠寧可留在地面也不想飛上天。比跳遠不就好了？」

「那已經有人做過了，」普得一臉不屑地說，「世界紀錄上滿滿都是青蛙跳遠的報導，但比飛行高度的卻一個都沒有。而且要不是安全帶鬆掉引起的小差錯，其他部分都很完美。」

「牠從上面掉下去，摔得稀巴爛，很噁，而且超慘的。再叫另一隻青蛙去送命也太殘忍。」

「現在重點不是這個。」普得轉移話題。「現在的重點是改變你爸的作風——暫時找不到更好的詞——他的生活作風和解決問題的方法。一次偶發事件還不夠。」

普得說得當然沒錯。前面我就說過，他經常是對的。不幸的是，他錯的時候有時會很悽慘，比方要一隻青蛙去沒有青蛙去

過的地方，或扮成維京海盜闖進番茄園被人用鋤頭柄砸到背。

但撇開錯誤不論，普得的話是有幾分道理。問題在於，夏天是車庫大拍賣的旺季。到處逛車庫大拍賣給了我很多機會利用新方法糾正我希望老爸改掉的壞習慣，但我還沒拿捏好使出正向強化法的時機。

所以我繼續聽話地陪他逛車庫大拍賣，找機會使用正向強化法，同時也希望他發現我有時會忽略他，雖然老實說這部分我還不太行。

下一次去逛車庫大拍賣時，他大步跑回車上，手裡抓著一個人工皮革製的公事包，表面滿是刮痕，側面印著「卡萊爾」三個燙金字。

「這個可以用來裝你的學校作業。你看，把課本和作業本放進去之後，還有空間可以放三明治或香蕉。」

「可是，」我很難繼續忽略受試者，雖然我已經盡力不去注意他，「我不叫卡萊爾。」

他聳聳肩。「有什麼關係。你亨利舅舅有隻狗叫卡萊爾，所以那就像我們家人的名字，你也可以借來用。」

到了下一站，他把一個塞滿大串大串粉紅色面巾的超大透明垃圾袋丟進車裡的時候，我倒是有忍住不出聲。我甚至連問都沒問，但那也阻止不了他向我炫耀。「裡頭總共有一百七十五條，用來當小毛巾剛好。」即使後來洗澡的時候，用二十乘二十公分的小毛巾把身體擦乾對我造成衛生上的一大考驗，我也沒說什麼。

下一次和下下次的車庫大拍賣，受試者不但沒發現我異常沉默，也沒有為了引起我的注意而調整自己的不當行為，反而因為我不理他而變本加厲。因為：他買了一百一十四枝獨立包裝

的新牙刷。普得的說法是：「一枝用來刷一顆牙，可以讓你刷一輩子。」還有：三十二件3XL尺寸的迷彩T恤。「你可以用來做迷彩帳篷，」普得說，「躲在裡面一邊吃從公事包拿出來的三明治和香蕉，一邊把每一顆牙都刷乾淨。說真的，卡萊爾，我覺得你太挑剔了。」

他說話的時候我一直在摺T恤。上一次車庫大拍賣時，有某位女性教受試者把衣服摺得像墨西哥捲餅，這樣衣服就能整整齊齊立在衣櫥的抽屜裡。這看起來超療癒的。

我非做些什麼不可。事實清清楚楚擺在眼前。

免得聽到別人叫我卡萊爾我開始有反應。

是時候來把小冊子好好讀完了。

9 到草皮上打滾

普得說我該把小冊子的內容照抄下來，但我決定用自己的話重說一遍（普得說這樣叫做注釋，我不確定這是不是就是他以為的意思，但因為他幫了我很多忙，所以……）。

我下一步的行動重點：轉移注意力。小冊子上說，如果小狗怎麼教都教不會，一再重複不當行為，有時候有必要立刻中斷上述行為，利用小狗喜歡做的事來轉移牠的注意力。比方跟牠玩丟球或丟飛盤，帶牠到樹林或狗狗公園玩耍，或是在草地上打滾。小冊子上建議我躺下來，跟小狗一起在地上打滾。

聽起來不錯。所以我照做了。不是在草地上打滾，但我確實開始在車上放一顆網球，隔週我爸又在車庫大拍賣前停下車時，我跳下車，拉著他在陌生人的前門草皮上跟我玩傳接球。

至少是試著拉他跟我玩傳接球。

他第一次接到球時，我不忘稱讚他：「接得好！」，彷彿他在全壘打牆邊接到中外野的球、守住決勝分似的。

但我的鼓勵肯定才延續幾球就沒效。他的注意力被拍賣品吸引過去，視線直接掠過我，落在一台外表稍微損傷的麵包機上，然後人就不見了。

我甚至還沒接到他丟給我的球，他就消失得無影無蹤。

我不認為帶他去公園或在草皮上打滾會有效（再說我們家根本沒有草皮，露營車外面只有泥巴），再加上丟球這個方法也很失敗，所以那天晚上我又去翻了那本小冊子。

之後發生了兩件事，或許不算命運，但因為很接近，所以我還是稱之為命運。

從事件本身來看，普得希望我告訴你們那可以稱之為「百分百膽小鬼行動」，但我認為這種說法有點太強烈。

那天下午我們回到家之後，我拿著小冊子坐下來重看一遍（普得說我應該承認自己只有很快掃過一小部分），然後試著在我的實驗筆記本上，用我自己的話，針對我的受試者，而不是小冊子上說的那些顯然比較容易訓練的一般小狗，仔細寫下我接下來的策略。

卡爾：讓受試者嘗點甜頭！

小冊子上說，假如轉移注意力的方法剛開始沒效，你應該列出其他你認為你的小狗喜歡做的事，在牠出現錯誤行為的時候，就輪流用不同的事轉移牠們的注意力，避免牠們覺得無聊。

不當行為，喜歡的事，不當行為……

不過，小冊子上還說，如果你希望達到的某個正確行為愈來愈顯而易見（普得說這裡我應該用「顯而易見」，因為這樣聽起來比「常見」厲害），不妨先集中火力鼓勵該行為。

老爸最愛的冰雪皇后（Dairy Queen）從舞台左側登場，全速往舞台中央前進中。

但這裡先打斷一下。

反正不是說「打斷手骨顛倒勇[2]」嗎？（抱歉這裡用了雙關語，但普得說當幽默到來時，你就得與它同行。「這樣來看，幽默跟命運很像，」他接著說，「發現一件完美的事並樂在其中，是非常難得的機會，所以你一定要把握機會，好好利用。」）

2 編注：台語諺語，鼓勵人遇到失敗要愈挫愈勇。

這件事跟卡蘿有關。

我在某本科學書上讀過一篇談狗的文章（好吧，又是我爸還是普得讀了文章再說給我聽，但我印象很深刻，就像自己親自讀過的一樣）。上面說世界上最聰明的狗是邊境牧羊犬，牠們聰明到有時連人都比不上。書上提到一個女人和一隻一歲邊境牧羊犬的例子。她才一天不在家，回到家時就發現廚房裡塞滿了綿羊。問題是她根本沒養綿羊，就算有，大概也不會養在廚房裡。後來她才發現是牧羊犬去了附近的農場還自己開了柵門，「借走」綿羊並把羊群趕回自己家，打開門，然後把羊關在廚房裡。因為牠沒有自己的羊，或許因此感到難過，於是靠自己的聰明才智想到對策，給自己偷了一些羊回家。

這樣的狗實在聰明過頭，連廚房塞滿綿羊的那位女士都不得不承認，而且她還得清理廚房地板上的綿羊屎尿。

好文章。但作者接著說比特犬就沒那麼聰明，至少沒邊境牧羊犬那麼聰明。

看來他們錯了。大錯特錯。

事情是這樣的，卡蘿漸漸聞到不尋常的氣味，就算不是我們在車庫大拍賣買到的躺椅下的一窩老鼠發出的那種氣味，這味道似乎也夠明顯了。就在我大概第三次試圖阻止受試者前往車庫大拍賣時，我發現卡蘿死盯著我的右眼——人類的情感根源，也可以說是小狗揣摩上意的關鍵線索。

當時我們坐在車上，正要經過新拍賣的第一站，我發現卡蘿直直盯著我的眼睛打量我。牠知道有事不對勁，之後我又試著轉移老爸的注意力兩次，阻止他買東西（普得說我應該告訴你們，在夏天時，我們有可能每週末都在逛車庫大拍賣，想也知道那會把我逼瘋），這時卡蘿就差不多看穿了我的詭計。

雖然沒有完全看穿，但牠知道也感覺到我一直在阻止老爸買東西，同時也剝奪了牠順手牽羊的機會。牠不知道我為什麼要這麼做，但我的舉動破壞了車庫大拍賣的整個節奏，這就足以讓牠懷疑我居心不良。

卡蘿很愛跟受試者一起逛車庫大拍賣，感覺自己跟他是患難與共的好戰友，顯然也相信他們是一隊的，我猜。所以在追捕獵物途中（這裡指的是在車庫大拍賣上撿便宜和偷東西），任何擋在牠和牠隊長之間的阻礙（也就是我）都讓牠加倍起疑。

你家的比特犬一旦起了疑心，就變成不好惹的比特犬。

下一次我又想轉移受試者的注意力時，我察覺有股力量在推我的大腿。我轉頭去看卡蘿。

牠正在對我微笑。

我選擇稱之為微笑，但事實上牠對我露出分量超級驚人的象

牙質。

感覺牠的整顆頭都是牙齒做的。

除了牙齒，還配上令人毛骨悚然的聲音。

不是狗發出的低吼，比較類似咕嚕嚕的低沉嗚咽聲，摻雜了亢奮和威脅，好像在說牠不希望對我使出撒手鐧，但如果非得這麼做牠也不會手下留情。

那個聲音配上牠露出的牙齒害我全身發軟，脖子後面的汗毛都豎了起來。我本來伸手要抓車門手把，準備離開現場並把受試者一起帶走，就像之前一樣。但卡蘿看著我的手，露出微笑，之後又盯著我的右眼不放，同時把放在我腿上的腳掌往前伸，爪子差一點就讓我見血。我嚇得放開車門手把。我發誓卡蘿點了點頭表示肯定。

為了保住性命全身而退（我看過卡蘿玩耍時一口就把一塊板

子咬成兩半），我回頭去看小冊子尋找更多建議和訓練法。

上面說，如果受試者——大概還得算入受試者身邊那頭半化身為殺人武器的比特犬——對轉移注意力或換事情做的方法沒反應，你就應該使用「休克療法」，透過強烈的正向強化重新拉回受試者的注意力，之後再切回含蓄的方法。找一件受試者喜歡的事去做，暫時喘口氣。

我爸喜歡「冰雪皇后」這間冰店的程度，其他事情簡直難以超越。在這裡，老爸掏錢都不會先問能不能用勞力換取，就爽快買下兩杯奶昔和一支給小狗吃的甜筒。他根本很享受在冰雪皇后花錢，而我只在意什麼方法對他才有效。假如我能讓他養成常花錢買美味霜淇淋的習慣，說不定他的其他購買行為也會潛移默化，甚至大有進步。

最令人開心卻不意外的是，卡蘿也跟我爸一樣。或許這世上牠最喜歡做的事（僅次於將想把我們家那些來去自如的雞殺光的臭鼬給撕成碎片），就是咬住冰雪皇后的一整支甜筒，然後合上嘴巴。「合上」這個詞或許不夠貼切，應該是用力嚼著嘴裡無法反抗的冰雪皇后甜筒，用每平方公分一千兩百公斤、快如閃電的迅猛力量痛快大嚼特嚼，甜筒裡的香草霜淇淋像飛彈噴射而出，這樣牠就能開心地慢慢把溼淋淋的嘴巴和黏答答的鼻子舔乾淨。

感謝冰雪皇后讓我發現另一種訓練工具，我迫不及待馬上試看看。

結果效果很好。

但只維持一陣子。

我有一搭沒一搭地照著小冊子上的建議，轉換不同方法。看來最有效的組合是先經歷兩次負向強化（也就是忽略兩次受試者的不當行為）再加一次正向強化（也就是提議去冰雪皇后吃冰）。雖然沒看到立即成效，我爸照樣會衝動犯下我認為的錯誤，但起碼我在一定程度上算是控制住了受試者。至少我在實驗日誌上是這麼寫的：情況控制稍有起色。

週六的早餐時間，我再度使出轉移注意力法。我跟老爸說我想參加夏季聯賽棒球隊（相信我，我一點都不想），還拉著他陪我玩傳接球。他說好，我們找出棒球手套到公園玩了一個多小時的球，卡蘿從頭到尾在一旁盯梢。

後來休息的時候，我看到老爸又出現那個眼神。每次那個眼神出現，就表示他下午想去車庫大拍賣挖寶。

於是我突發奇想，提議我們到市區的自然教育中心逛逛，老爸喜歡那裡的程度幾乎跟他對冰雪皇后的喜歡不相上下。而且正好，在那裡他也沒機會買到或換到可能讓我抬不起頭或生不如死的東西，只要我不讓他接近遊客中心裡的禮品店或點心吧。

附加的好處是卡蘿也能跟我們一起去，只要幫牠綁上狗鏈。我們在那裡耗了幾個小時的精力，讓卡蘿拖著我們沿著小徑穿過草皮和樹林，到處尋找樹、灌木叢和花草，以及盡量不讓卡蘿接近養鴨的池塘，免得激起牠的嗜血本能。回到車上後，我以為總算可以回家抬腿優閒過完這天，卻發現卡蘿瞪著我的右眼，上嘴唇一顫一顫，露出底下閃閃發光的銳利牙齒。

於是我要受試者載我們去冰雪皇后。卡蘿總算放鬆下來，受試者也吃得很開心，我也逃過一場為我量身訂做，從衣服、草帽到性感吊帶褲的時尚災難。

後來我把這件事告訴普得，他說根本不是我在訓練他們，而是卡蘿在訓練我。我覺得要這樣看也沒錯。你可以說，每次我利用兩次負向強化法糾正我爸的行為，牠就會訓練我帶牠去冰雪皇后。好吧，如果你這樣想的話，我完全同意。畢竟我參考的是一本小狗訓練手冊，而卡蘿又是一隻狗。牠比受試者更快看穿了我的把戲。

這剛好是普得決定成為職業高爾夫球選手的時期。

問題是他從沒打過高爾夫球，對這種運動一知半解。但當他爸懶洋洋躺在沙發上喝晚上喝的葡萄酒、看高爾夫球賽時，普得也跟著迷上了高爾夫球。同時妄想精通這種運動後可能帶來的財富。

「你想想，」他說，「只是把一個白球打進地上的一個洞，一旦你打得比其他人好，就能賺進超多摳摳。那會有多難？」

「可能沒你想得那麼簡單。」我說。「我記得有人對高爾夫球下過精準的定義：被搞砸的散步。他們說打高爾夫球有時會很挫折，很多人因為受不了壓力而心臟病發作。」

「那是因為他們沒準備好。只要找幾根球桿來練練，打到變厲害為止，那不就得了。到時候賺的摳摳會多到你不知道怎麼花。」

「可是你哪來的球桿？你甚至連高爾夫球都沒有？」

普得哼了一聲，不以為然。「想辦法弄來就好啦。我要再次提醒你最近那次差點成功的青蛙飛行高度實驗。」他垂下眼睛，按住胸口，悼念那次不算完全成功的青蛙飛行高度實驗。「跟那次實驗的複雜度和危險度相比，弄幾根球桿和一顆高爾夫球來，然後練習用球桿打球打到比誰都厲害，會有多難？」

於是，當普得練習高爾夫球時，我繼續變換不同方法訓練受試者和卡蘿。

後來我回頭看筆記才發現，吃了那麼多霜淇淋甜筒，效果還是不長久。比方說，受試者在這段時間買了一大捆男孩尺寸的小內褲（「褲子會愈穿愈鬆，而且如果我們小心一點，別放進熱水害它們縮水，你到老都不缺內褲。」）。他還買了一台工業用的重型帶式砂磨機，這台機器會自己開開關關。我們不知道這就是它那麼便宜的原因，直到有一天它突然轟隆隆醒過來，從台子上跳下去尖聲對著卡蘿叫。卡蘿原本在小屋裡打瞌睡，猛然被驚醒。砂磨機又翻又跳，卡蘿大聲狂吠，看起來就像砂磨機在追著牠跑，直到電線拉到底、斷電了才停止。卡蘿立刻轉身把機器咬爛，就像對待追著雞跑的臭鼬一樣。

差不多就在這個時候（我還在想要怎麼賺到真正的錢去買腳踏車），普得說服我跟他一起去當地的公共高爾夫球場當桿

弟。「大人會付錢請你幫他們揹球桿，小費也給得大方，可以賺很多摳摳。」

一開始根本不是這麼一回事。來打高爾夫球的人給的小費一點都不大方。大多數人都只會罵球桿、罵天氣、罵球、罵球場、罵害人多推幾桿的斜坡、罵太陽刺眼、罵遮蔭害他們誤判距離、罵……，高爾夫球應該叫做「沮喪小白球與球道和球座」的運動才對。

有趣的是，在那座九洞球場打到一半時，球員必須把球打過一個小池塘，但幾乎沒人能讓球成功飛越。

他們瞄準揮桿之後，你會聽到球桿擊中球，啪的一聲好響亮，幾秒後就會傳來小一點的聲音，球撲通掉進池子。

休息時間我們從灌溉果嶺的水管喝水時，普得說：「我敢打賭那個水池底下一定都是高爾夫球，多到我整個高爾夫球生涯都不用再買球。」

所以當天晚上，我們抓了個麻袋騎著腳踏車到高爾夫球場打撈池塘裡的球。水池底下是一層厚厚的爛泥，但光著腳丫稍微往下探就會踩到半埋在底下的高爾夫球。接著我們翻身潛進水裡（水深只有大約一點五公尺），把手伸進爛泥，只要摸到又硬又圓的東西就抓起來。經過幾個小時，天知道我們扒了多少泥巴，總共讓我們找到將近三百顆高爾夫球。

確切數字是兩百九十六顆，普得要我告訴大家。

普得除了有創意又有想像力之外，也很會敲人竹槓。他認為自己最多只需要四顆高爾夫球（以防萬一還是算五顆好了）就能展開職業高爾夫球選手生涯，所以他慫恿俱樂部的高爾夫球選手，也就是訓練場的經營者，以一顆二十分美金的價錢跟他買下另外兩百九十一顆高爾夫球。

總共是五十八元又二十分美金。

就算一人一半，我們一個人還能淨賺二十九元又十分美金。而且還是真鈔，不是儲存起來的能量，只能之後再用勞力去交換其他東西。於是我想——後來才發現我錯了——既然我靠自己的力量賺到零用錢，而且是真正的錢，不只是等同於能量的其他東西，這樣或許也能說服老爸跟我做一樣的事。

我把我認為的最有說服力的物證，也就是白花花的現金，放到他面前。

大錯特錯。

「這裡的錢，」老爸告訴我，「只要在車庫大拍賣和二手衣商店聰明地花，說不定夠你買一學年的制服，前提是要仔細挑選，當然也沒把鞋子跟內褲算進去，不過內褲你已經有了。」

這次普得終於挺我，沒再站在我爸那一邊。「二十九元美金連在網路上買件T恤都不夠，更何況是實體店。畢竟實體店定價更高，因為他們要把間接成本算進去……。」秋天到來時，他漸漸遠離高爾夫球，轉向追求經濟學家的「安穩生涯」。

當然又讓普得給說對了。我爸沒看出現金在手的吸引力，整件事又像那句話說的一樣：繞了一圈又回到原點——應該是又回到那本小冊子。

不過先穿插一件事：我爸不小心差點害我沒命。

10

哈雷機車

故事發展到這裡，大家可要知道一件事，我雖然想盡辦法重新改造我爸，我們其他部分的生活還是照常。

照常吃早餐和晚餐，晚上照常睡在露營車裡，照常餵數量隨時在變的雞群和兩頭豬，清理卡蘿撲殺、從水中捕撈和棄置在院子裡的臭鼬屍體。總之就是照常生活。

對我爸來說，照常生活有一部分就是繼續尋找便宜貨，不是到車庫大拍賣找，而是每週三和週五送到我們家信箱的購物傳單。當他發現一樣他認為特別好的商品時，他會聯絡賣家，然後展開行動——普得現在稱之為「交換魔人的進擊」。

我爸喜歡以物易物，也就是用體力、才能和知識跟人交易。什麼都用交換的，這樣他就不用花一毛錢。「比如說我有某件小器械（widget），」我很小的時候他曾解釋給我聽，「而某某某家裡多一個他用不到的電炒鍋，現在正好需要用到我手上的這件小器械，所以我們就互相交換。這就叫以物易物，簡單明瞭，這是做生意最棒也最純粹的方式。」

「什麼是小器械？」普得問。我正在跟他抱怨我爸只肯花能量、不肯花錢的事。「聽起來像某種臭臭的夜行性動物。[3]」

「那些你不會知道名字的小型器具，」我說，「我在網路上查的，這是非正式定義。這個字也用來稱呼電腦的『桌面小幫手[4]』，但似乎沒人能清楚解釋這個字的用法怎麼會用到電腦上，所以我就先以非正式定義為主。這個字有時會被誤用，因為它跟工具（gadget）很像，比方——」

「感謝您。」離題功力出神入化的普得，竟然打斷我說話。

「所以你爸喜歡以物易物。」

「那是他的活力泉源好嗎！他愛上了這個概念本身。」

「可是啊可是——」普得說。句點。

「沒錯。大部分的人不會想跟別人交換新的東西，而且這件事也不是全世界都認同。再說，他自己太不小心，只看到這件事代表的精神，到最後就很隨便，所以還捲入過一些奇怪的交易。我想說的是，也不是所有換來的東西都很糟。像是他曾經換過一台貝爾牌（Troy-Bilt）的後叉式翻土機就很不錯，只有馬達需要修一下，之後我們整理院子就變得很輕鬆，比起鋤

3 編注：鼬鼠（weasel）、鼬獾（badger）的肛門腺會發出強烈臭味，其英文單字發音與widget略有相近。

4 編注：例如桌面時鐘、便利貼、行事曆等應用程式。

頭、十字鎬或鏟子好用太多了。而且他是用一台換過皮帶的烘衣機換來的。」

「所以成功的時候就很成功，」普得說，「我是指跟別人以物易物。但失敗的話可能變成一場災難。」

比方那台哈雷機車。

我說的當然就是我爸去幫一個名叫「棺哥」的前飛車黨成員蓋羊欄和雞舍換來的那台軟尾系列（Softtail）的哈雷機車。

我問過老爸「棺哥」這名字怎麼來的，他說那來自他以前的綽號「棺材味」。棺哥的口氣雖然聞起來不像薄荷那麼香，但也沒太糟（至少不像站在奧斯卡的下風處，或夏天跟剛殺死臭鼬的卡蘿睡在一起會聞到的味道）。直接去問他怎麼會有這個綽號感覺不太明智，但我還是很好奇。

我把這個謎說給普得聽的時候，他說沒問算我聰明。「下筆和開口克制一點，永遠不是壞事，尤其對方是個綽號叫棺材味的前飛車黨。你有可能變成他的車頭裝飾。」

但棺哥其實人很好，他請我爸幫忙蓋房子，因為他和「他的女人」打算去當農夫。棺哥的女人有個名字叫普麗迪，但從棺哥口中你不會知道她的名字，因為我多半都聽他叫她「我的女人」。比方：「既然我們要自己養雞養羊，開始綠活什麼碗糕的，我的女人就需要一個地方給她的動物住。」或是：「我女人要我負責擠羊奶，所以我需要一個給羊站的台子，因為我以前騎車時把背和膝蓋和一身老骨頭都搞壞了。」還有：「我女人說我可以學擠羊奶和什麼碗糕的，雖然我一直跟他說老子摸引擎比摸奶強。」

棺哥說起話來或許像沙豬，但很明顯「他女人」叫他做什麼他多半都會照辦。

我爸對他的交換提議非常滿意。「有一台哈雷對以後換東西很有幫助。因為大家都想要哈雷。」他說。我們看著棺哥把車從車庫裡牽出來（棺哥叫它「重機」，普麗迪叫它「吵死人的兩輪車，活像死亡機器，該死我受夠了」），讓我們看看我爸換到了什麼好貨。（「這種車啊，永遠有人搶著要。」普麗迪補上一句，大概擔心我爸反悔，但他可沒有。）

我把哈雷機車的事說給普得聽，他幾乎要流口水。「妞都愛哈雷，」他說，「我們騎上它到處跑，她們就會黏上來。」

這種話出自一個剛要出頭的經濟學家感覺不太對，所以我看著他問：「妞？」，口氣就像在說「暑假作業？」。

他翻翻白眼，說：「上道點，老兄，我們已經到了會想那些事的年紀了。」

有些時候你會因為朋友跟棺哥一樣像個落伍的沙豬而指正他

們。也有些時候你雙手一攤，等著因果報應跳起來飛踢他們沒禮貌的屁股，叫他們學會紳士風度。我選擇了後者，因為我憑什麼剝奪一個初試啼聲的女性主義者挫挫他銳氣的機會？有時比起好心勸告，你會從痛苦經驗中學到更多。再說光是訓練我爸，就已經夠我忙了。

所以我爸去幫普麗迪和棺哥蓋雞舍和羊欄時，我當然也去幫忙，這段時間我們過得還不賴。因為這份工作，我們沒空去逛車庫大拍賣或二手衣店，甚至有幾個禮拜我都用不著去想正向或負向強化的事。

卡蘿當然也跟來，並很快就跟棺哥變成麻吉。他們之間好像有共同的語言，基本上都是一連串哼哼啊啊，卡蘿也因此不再盯著我的右眼看。

此外，我交了個新朋友。有天下午我們在鋪屋頂，我跑來跑去忙著把瓦片遞給爸（我應該說一下當時我穿著粉紅色吊帶褲，屁股上印著褪色的美汁汁三個字），這時普麗迪走了過來。

「好可愛的吊帶褲，」她說。「我好像有一件一模一樣的。等我們養了羊，你知道，你隨時可以來喝新鮮羊奶。不用錢。等棺哥學會，你知道，擠羊奶之後。」

我點頭微笑，跟她道謝，即使我很確定我不會太喜歡羊奶的味道，更何況是特地跑來喝免費羊奶。我也不認為，你知道，棺哥會很快開始擠羊奶。（結果兩個我都猜錯了。棺哥真的學會擠羊奶，還把那隻羊取名叫貝蒂，而我呢，你知道，竟然很愛新鮮羊奶。）

所以這天終於到來。有天早上，棺哥騎著摩托車來到我們家的泥巴車道，消音器的聲音活像機關槍。他在露營車前停下來，之後普麗迪再開她的 Toyota Prius 載他回家。棺哥離開的時候，我覺得我在他眼中看到一滴淚，但那可能只是我的想像。我想他應該很少哭。

於是我們突然有了一台哈雷機車。

車子就在那裡，離我們的信箱大概一百二十公分遠，而信箱就在通往露營車門口的小徑旁邊。之前我對哈雷沒什麼想法，直到它立在我們的院子裡，在陽光下閃閃發亮，露營車其中一邊的每扇窗戶都看得到它。

可能有人不知道，哈雷機車簡直有股魔力。

令人目眩神迷，神魂顛倒，深深著迷。

離它愈近，在它旁邊待得愈久，它對你的魔力就愈強大。

好吧，我知道不是每個人看到摩托車都會失去理智。但站在我的立場想一想：我有生以來從沒騎過沒有踏板的車，而且除了那台老舊雪佛蘭皮卡車，也從沒坐過其他車去任何地方，況且那台皮卡車一上路就匡啷匡啷響，吵到你會覺得耳塞跟安全帶一樣是行車必備品。這樣你就知道摩托車對我的意義。

這世上沒有東西比哈雷機車更酷。如果你有一台，就像我們奇蹟般地弄來了一台，你只會直接叫它「哈雷」。

那就好像美國——集所有最美妙、最純粹的美國夢於一身的美國——突然搬到你家後院，披上鉻合金外皮，在陽光下銀光閃爍。我全身上下每個細胞都要我走出門，跨上那台哈雷——我們的哈雷——將它發動，轟隆隆騎上路邁向未來，直到永遠，阿門。

之後我停下車，問佩琪想不想坐著雄赳赳氣昂昂的車去兜風，風把她的頭髮吹散，她眉開眼笑，坐在我後面，緊緊抱住我的腰……

普得說我又離題了，但他了解哈雷會讓人陶醉其中，不可自拔，而且認為讀者也會，所以這段就保留下來。

雖然我還不能騎車，但我確實走出門跨上哈雷。穩住車之後我把停車架往上踢，半假裝自己正在騎車，轉動手把催油門，在心裡發出轟轟引擎聲。但哈雷很重，我開始傾斜又傾斜，眼看就要失去平衡，我滿身大汗，手腳都在發抖，因為用力要在機車翻倒壓在我身上之前把車拉正。我勉強把車穩住，扶正，好把停車架踢回去。能完成這件事簡直是天大的奇蹟，因為哈雷重達兩百四十五到四百一十公斤之間，而我大概才四十八公斤。而且在自家院子被哈雷壓扁之慘，僅次於在高速公路上出車禍滑進聯結車底下被拖出來然後……

卡蘿站在旁邊看著這一切。我猜牠一是擔心是我從牠的新好麻吉棺哥那裡偷了這台車，二是擔心我徹徹底底瘋了。但比起我設法阻止牠和受試者去逛車庫大拍賣，這次牠對我沒那麼感冒，所以就沒露出牙齒或盯著我的右眼看。

老爸把哈雷停好就回去工作室忙了，我想他應該是把它忘了。不過老實說，我完全沉醉在哈雷的美夢中，所以就算老爸從地表消失我也渾然不覺。哈雷就是有這種讓人什麼都看不見的魔力。

我的意思是說，老爸當然一直都在，等我再度注意到他的時候，我馬上看出他已經準備好要回歸正常生活，也就是逛車庫大拍賣，而我也準備好發動新一波的強化攻勢。結果根本沒必要，因為哈雷救了我。

至少一開始是。

有天早上老爸坐在廚房喝咖啡看窗外，我在吃燕麥粥，一面欣賞哈雷，這時他的眼神出現了一點變化，眼中亮起一抹溫暖的光，一閃一閃。他輕聲說：「棺哥說車子的燃油系統有點問題，也許我該去檢查看看。」

這時我心想：哦，不，拜託別是燃油系統。

老爸對引擎燃油系統有些神祕的認知，知道燃油系統及其潛能相關的一些不為人知的暗黑知識。他會拿些普通工具（例如扳手、螺絲起子和放大鏡之類的）開始敲敲打打，之後引擎就會改頭換面。沒錯，改頭換面，也可以說他把引擎帶往另一個境界，從此不再是個平凡、理智、愛好和平的引擎，而是變身成一頭吞噬燃料、力大無窮、狂號怒吼的怪獸。

我爸的聰明才智跟燃油系統的對決，曾引發過幾次災難，例如鼎鼎大名的「碎木機驚魂記」。那次他用修理好的引擎驅動碎木機換回一疊屋瓦。老爸「調整了」馬達的燃油系統。而根據買主的說法，他才剛啟動，碎木機就開始發瘋，轉個向就開始噴木頭而不是削木頭，把寬五公分、厚十公分、長九十公分的木頭射出去打中他的新車，從擋風玻璃到後車窗全都砸成碎片。他大吼一聲「快把賓奇帶走」並按下關閉按鈕，碎木機似乎深吸一口氣就把所有東西都捲進去。所有沒用釘子固定的東西都無一倖免。

賓奇是那傢伙的老婆養的貓。他老婆說賓奇被捲進不斷旋轉的碎片所形成的動盪漩渦，陷入碎木機的毀滅之境裡，活活被吃掉，徹底從世上消失。

她在律師寄來的控告書上是這麼寫的：「那台碎木機把我的貓整隻吃掉。」

仔細想想，這樣總比碎木機只吃了部分的貓，留下貓的殘骸好吧？我個人認為，賓奇應該是在機器啟動時溜之大吉，逃到一個沒有碎木機怪獸的地方避難，因為貓很聰明，動作又快。

無論如何，賓奇從此消失，所以我們就去奧斯卡的後院找隻新貓給那位女士，她先生也答應她，只要完好的新貓待在外面，他絕不會去開那台碎木機。我跟老爸幫他把碎木機搬到他家後面的空地，這樣它就不會吸起碎片製造出另一場颶風等級的氣流。寄信來的律師說他迫不及待要跟我爸在法庭見，打贏官司拿到「補償精神損失和財物損失的鉅額賠償金」。但他看了一眼我們那台一九五一年分、坑坑疤疤的半噸雪佛蘭皮卡車，還有穿著粉紅色吊帶褲的我，就把手一攤，喃喃說什麼沒望了，之後就把我們趕出他的辦公室。爸揚起微笑對我說，就解決法律問題來說，減少損失比興訟實在多了。

所以你可以想像當我爸拿起工具箱，開始修理哈雷的燃油系統時，我有多麼驚恐。我總不能每次都靠小貓幫我解決老爸為了修理燃油系統而闖的禍。

「那樣不算是褻瀆嗎？」普得聽我說完這件事之後說。

「褻瀆？」我很好奇他從哪裡學會這個詞，會不會最近又改變志向想去當牧師或什麼精神領袖，因為我不認為自己受得了普得到處做見證，高唱振奮人心的歌，纏著我懺悔自己的罪好得到赦免，獲得自由。

「對啊，像他那樣對哈雷動手動腳。哈雷不是已經完美無缺了嗎？這樣還去弄它，不就是犯了褻瀆罪？侵害了原本的設計概念？」

「他就是這樣。」我聳聳肩，心想我得查出普得最近在看什麼書，因為他用了很多厲害的新字，而且似乎真的知道它們是什麼意思。我想排除他找到宗教信仰的危險。「反正沒妨礙到我重新展開訓練的概念，我就不想管他了。」我也學他用了「概念」兩個字，免得他以為我很無知。

只不過，我對於即將發生的事還真的一無所知。

但有時無知是一種幸福。有一小段時間，受試者忙著修改哈雷的燃油系統，沒時間出門做會毀了我的人生、讓我抬不起頭的事，那時我們的日子過得挺悠哉愜意的。卡蘿也不再盯著我的右眼瞧。牠殲滅了一隻臭鼬和看起來像地鼠的動物（很難看出那些殘骸原本是什麼），所以那陣子我都叫卡蘿為碎木機。

但好景不常，我的好日子就要過去。老爸修好哈雷、發動引擎的時刻終於到來。

當初棺哥把車帶來時，聲音就已經很驚人，之前我說過像機關槍。如今，經過老爸對燃油系統的暗黑系調整之後……

哈雷發出的聲音彷彿來自我的身體、我的靈魂。低沉、共鳴強大、重擊般的轟隆隆聲，就像閃電擊中附近的樹木後所發出的雷鳴。一種驚天動地、連脈搏都為之改變的爆破聲，鑽進我的耳朵，撼動體內每個細胞，再從我的每個毛細孔鑽出來。

一台掙開所有束縛的哈雷。

我爸就坐在上面。他看到我，在一片引擎轟鳴聲中大喊：

「去拿你的帽子，我們去兜風！」

我想他是這麼說的。我只能讀他的唇語，因為哈雷的聲音蓋過一切。我必須老實說，有那麼一秒的時間我想拒絕，因為有點害怕坐上那台當下有如一頭猛獸的哈雷機車。

但另一部分顯然缺少自衛本能、也百分百證明我是我爸的兒子和普得的好麻吉的我，最後還是占了上風。我滿腦子都在想：今天我要是沒坐上那台車，要是沒去做這件事，等有一天我變成老人，難道不會整天想著要是當年我坐上那台車會怎麼樣嗎？

於是我拿了安全帽（一頂從車庫大拍賣弄來的橄欖球頭盔，上面印著野馬兩個字），戴在頭上扣緊，跨上車，後來才知道我坐的位置俗稱「娘砲座（sissy seat）」。身穿粉紅色吊帶褲，頭戴橄欖球頭盔，我不顧一切地對著老爸的耳朵喊：「我們走吧！」

我對於接下來發生的事情毫無防備，但也無所謂，反正我對之後那三分鐘半的印象一片模糊。

我們的哈雷兜風行，剛好就只維持了這麼長的時間。

我記得老爸轉動手把催油門的時候，我不斷往下和往後看。只見將近半公尺長的火花從排氣管後方噴出，我心想：哇。就這麼簡單：哇，火耶。

我不認為哈雷應該要從後方噴火。

摩托車往前飛躍，轟轟價響，輪胎咬住車道的碎石路，尖聲滑了大概一百四十公尺遠，來到轉彎處。車道從這裡漸漸跟小河拉開距離，切進主要道路。

快到車道盡頭、接近迎面而來的彎道時，我不知道我們的速度有多快，但我隱約記得自己心想我們絕對不可能轉得過去。我察覺到老爸身體僵硬，摩托車突然爆發的威力和猛烈的速度讓他又驚又恐又慌。當車子衝向一個我們不可能駕馭得了的彎道時，當下我立刻知道，他控制這台車的能力和騎車的技術都遠遠敵不過車子的速度和爆發力。

車子直直往前衝，轟隆隆穿越時間和空間，從車道盡頭躍起，飛向天際，把河堤俐落甩在後面（看來像我爸精心策畫的一樣），在空中形成一道完美的拋物線，最後狠狠摔進河中央，濺起一朵超大水花。過程中我們倆都坐在車上，爸抓著手把，我抓著爸。

或許不難想像，車子並沒有浮起來。（普得要我提醒你們，之前我說過哈雷機車重達兩百四十五到四百一十公斤。）

這一摔把我們嚇呆了，一半是驚慌，一半是害怕，而且摩托車的重量把我們往下拉了大概快五公尺深，直抵河床。

成功脫身之前，我很確定我吞了將近四公升的泥巴水，以及只有大地之母才知道數量的烏龜便便。

但過了幾秒（感覺有好幾天那麼長，因為我的一生從我眼前咻咻掠過），我們的求生本能醒過來，於是我們拚命掙脫下沉的哈雷，避免被車子往下拉扯，同時奮力往水面上游，爬回泥濘的河岸之後再拖著沉重的身體上岸，最後躺在髒汙爛泥裡吐水和喘氣。

老爸的喉嚨被汙泥噎住。他啞著嗓子對我說：「我想我沒有控制得很好。」

11 玩具水槍

看來我們不是騎摩托車的料。

老爸借了一台有支超大液壓吊臂的拖吊車，證明他的以物易物人際網有多強大，連拖吊車都能「借到」。失敗很多次之後，我們終於用爪鉤抓住機車，把它從河床的爛泥裡拖上岸。

因為馬達掉到冰冷河水時是熱的，還在運轉，所以汽缸體爆了。加上我們用爪鉤去鉤它、抓它、挖它，直到它掙脫爛泥，免不了也傷了骨架和避震器。所以當我們把車從河裡撈上來放回院子的時候，昔日那台帥氣、完美、強勁有力的哈雷，整個面目全非。

「很像現代藝術。」普得說，努力只看好的一面。「就像某個人用雕塑來呈現摩托車應該長什麼樣子。或是你把一輛摩托車丟給巨無霸猩猩，牠用大手把車壓扁，就會變成這樣。很適合當作草皮實驗藝術。你們可以把它放在你家前面，在裡頭種花，看到的人會以為你們做了個獨一無二的庭園裝飾。這根本是超讚的破冰話題，只要不時加些新東西上去，比方把你那頂救回來的橄欖球頭盔塗成青銅色再放上去。等我出了名，大家對我充滿好奇，連我麻吉的事都想知道，到時你就可以收費讓人來看，順便賺些摳摳……」

可是，我爸居然不想對這台摩托車再做任何事。

通常這類結果會刺激他回去再接再厲，修理、改良、反省、找出問題所在，但這次卻沒有。

他跟哈雷的緣分到此為止。他用拖吊車把哈雷打撈上來放到貨車後面，之後我們把它載去老奧斯卡那裡丟，從此跟它恩斷義絕。

但即使把它趕出視線也趕出腦海，那台哈雷似乎對我爸造成了長遠的影響。而且不是好的影響。

我認為他把這件事看成一次失敗，為了找回對自己修理功力的自信，他顯然打定主意要盡量累積多一點的成功紀錄。

他（連帶拖下水的還有卡蘿和我）卯起來逛車庫大拍賣，還有瀏覽、追蹤地方購物傳單上的「交換舊貨」廣告。我忙著用兩次負向強化再加一次正向強化來訓練他聽話，弄得自己頭昏腦脹，對這段時間的記憶也變得模模糊糊，晚上根本沒多少力氣在筆記本上記錄我用的方法和之後的成效。

那本《幼犬訓練手冊》向我保證，堅持和耐心就是成功的關鍵，所以我盡可能地持續進行我的計畫。

無奈後來發生了一件讓我無法在社會上立足的事……看下去你就知道。普得說這就是所謂的製造懸疑，每本好書都少不了這個元素。

眼看夏天將近尾聲，鎮上的市集堆滿了新的農產品。這表示超市後面的垃圾箱（我們都去那裡找餵豬吃的食物）滿到快要爆炸，裡頭都是受損和枯萎的蔬菜、碰傷的水果，還有各式各樣可以拿來餵豬的淘汰食物，例如大理石黑麥麵包、一盒盒過期的優格，還有凍壞的冷凍披薩。

有一次，我們繞過去把車停在超市後面，一下車就發現了一座豬食寶庫。裡頭有十五公斤的盒裝動物性鮮奶油，將近二十公升、有點爛掉的草莓，以及十一個過期的天使蛋糕。

分量很驚人，我們趕緊把東西搬上車再衝回家拿去餵豬。先把動物性鮮奶油包裝撕開，倒進飼料槽，再把草莓倒進去，最上面堆蛋糕。效果立即可見。豬幾乎把整顆頭埋進鮮奶油裡搜尋草莓，偶爾抬起頭喘口氣，順便唏哩呼嚕吞下一大塊蛋糕再把頭埋進去，嚄嚄呼呼吃得好不痛快。

不騙你，沒什麼事像餵豬那樣令人開心。

正當我忙著把最後一批好料倒進飼料槽，好趕回去再搜刮一批垃圾箱美食時，一不小心跌了個跤，一頭栽進滿是鮮奶油的飼料槽裡。摔下去的時候我又轉又扭，拚命想脫身，最後整個人倒在髒兮兮的地面上。

我很希望地上是泥巴，但沒那麼好的事，那味道很快就告訴我，那絕對不只是爛泥巴。每天普得來我們家都要抱怨好多次，世界上很少東西比豬大便還臭。

慘的是我們還要趕回超市，在垃圾車來收垃圾前再多載一車蔬菜回來，所以爸說沒時間讓我洗澡換衣服了。「就在豬舍旁

邊用水管快速沖一沖，然後用力甩一甩，上車後把車窗整個打開，到市區的時候你的身體就吹乾了。」

當時我當然穿著粉紅色吊帶褲，而且豬糞也沒有神奇地一沖就掉。我強烈堅持說我要換套衣服，因為不想穿著沾滿豬糞的粉紅色吊帶褲去市區，即使是去垃圾箱挖垃圾。但是爸擔心我們「錯失良機」而激動得不得了。

「錯過那麼大量的蔬菜就太可惜了，」他說，「不能只給豬吃蛋糕和鮮奶油，要營養均衡才行。反正不會有人看到你的，別擔心。」

上禮拜我都在院子裡工作，沒戴帽子，所以鼻子和耳尖都嚴重晒傷，整個人變成紫色鼻子、紅色招風耳的時尚災難。「頸」上添花的是（不是故意一語雙關），我頭上戴的大草帽前簷一片透明的綠色遮陽板。

加上因為我爸開的是貨車，車上沒有冷氣，車窗打開時會有一陣強風從窗前的小三角窗灌進來，我必須用帶子勒住下巴固定帽子，而我有的就是一條橘色麻繩。

粉紅色吊帶褲，滿身豬糞，頭戴草帽，紅鼻子紅耳朵，基本上就是一身小丑裝扮，坐在一輛破破爛爛、超過半世紀的貨車上的副駕駛座，旁邊坐著一隻笑咪咪打量我右眼的比特犬。

酷到翻肚。

但我爸說的或許沒錯——沒人會看到我。

故事說到這裡，或許是介紹新角色進場的好時機。此人名叫瑪吉，是個常在鎮上和附近鄉間閒晃的老太太，自稱「影像記者」，意思是說她到處尋找奇聞趣事並用手機拍下來，再把剪接過的故事——可說是非常犀利的專題報導——推銷給地方電視台。她大部分的新聞都沒上過電視，可是……

你已經猜到接下來發生的事了，對吧。

我看見她的車停在超市前面的停車場，一台車身印著花朵和奇怪閃電圖案的老Toyota，就算當時我腦中閃過什麼想法，大概也以為她是來買東西的。

結果並不是。

沒知會我們，沒經過我們點頭或允許或認同或法律豁免，瑪吉就拍了好幾段我們的影片，顯然是從超市的轉角拍的，然後加上生動的旁白略加評論就寄給電視台。

「一個本地家庭收集一般人不要的食物來養活自己和家畜，示範如何實踐節能減碳的永續生活。這對父子證明這並非不可能的事。」

而鑽進垃圾箱東挖西找的我就這樣華麗登場，成為晚間新聞的人物特寫。

晚上五六點的新聞，十一點還會重播，免得你錯過。這還沒完，按照常態，電視台的各大社群平台上也看得到。

以清晰生動的影像呈現。

讓我來幫大家複習一下畫面，免得各位已經印象模糊。

紅紅的鼻子，紅紅還內翻的耳尖，沾滿泥巴和豬糞的粉紅色吊帶褲，用脫線的橘色麻繩緊緊綁住的草帽，手上滿滿都是從垃圾箱挖出來、只能稱之為廚餘的東西，旁邊跟著一隻比特犬，牠倒是發現自己被偷拍，甚至還——我發誓——對鏡頭露出牠最上相、最燦爛的笑容。

我明白這不全是我爸的錯。他不知道那個狙擊手記者會看到我們，並看出我們做的事具有報導價值。我承認這種事誰都無法預料和避免。

但這一切確實都是因為老爸的行為而起，還有他堅持不用錢的人生哲學，我這一身可笑的衣服就是這麼來的。普得點出我上句話用「的」結尾，還有我應該說明衣服不是重點，翻垃圾箱才是我覺得丟臉的主因。

雖然不是全部，但大部分是我爸的錯。就算這樣，被電子郵件轟炸的人卻是我，主旨有「垃圾箱男孩」、「垃圾鬥士」和「垃圾小子」諸如此類，畢竟我爸連電子信箱都沒有，不是嗎？

看過新聞短片、社群媒體貼文和電子郵件後，我爸唯一的評論是：「說得好，精準捕捉到我們堪稱模範的永續生活方式。在這方面我們很超前時代。你等著看吧，我們說不定會引領新潮流。」

「影片拍得很好。」普得在他所謂的新聞爆發的那天早上說。「瑪吉一定更新了她的影片APP，我一眼就認出是你。哇嗚，甚至連你的眼睛顏色和臉上的痘痘都看得超清楚。」

好極了，我心想。痘痘。是啊。我的意思是說，我知道自己也不是出身多高，但事實擺在眼前：我已經身敗名裂。你想想，難道我可以自己搬去別的國家，然後改名換姓嗎？我說的身敗名裂就是這個意思。

「也可能更糟。」普得說。

「怎樣更糟？」

他開口要解釋，但一發現沒辦法就立刻改變話題。「不然這麼辦吧：你就認了。發個聲明說你那天亂穿一通，畢竟要去垃圾箱找餵豬吃的食物，何必精心打扮？那麼大家就不會覺得你是時尚智障，問題不就解決了？」

發聲明。對。之後我做了一件以前從沒做過的事。我在普得還沒想到方法把這場災難變成他未來賺摳摳的計畫之前，就轉身走開。

所以。

回到那本小冊子。

上面說（不是引用原文，同樣也是用我的話說）假如含蓄的負向強化法沒效，考慮更身體層面的負向強化法或許是明智之舉。

冊子上說可以試試玩具水槍。

而且要偷偷使用。所以如果受試者開始出現不正確的行為，例如隨地便溺，就趁他不注意時用水槍噴他。受試者會因為天外飛來水柱而感到莫名其妙，暫時轉移注意力，這時你就可以趁機引導受試者進行正向行為。

聽起來不算太複雜，只不過寫這本小冊子的人沒有隨時被一隻名叫卡蘿的比特犬監視。再說，卡蘿早就對我起疑，說不定還認定是我毀了那台哈雷，而且牠似乎覺得車子是跟牠的好麻吉棺哥借來的。

結果卡蘿對槍很感冒，當時我還不知道，從此之後永遠忘不了。

我買了一袋小支的塑膠玩具水槍，小到幾乎可以完全握在手裡或放進口袋，而且是粉紅色的——這樣很好，因為現在我成了鎮上的話題人物，我可不希望有人把它們誤認成真槍，還剛好看到我拿槍指著我爸。趁爸不在，我在廚房水槽前把其中一支水槍裝滿水，打算把水槍放進後口袋。

同樣身在露營車裡的卡蘿盯著我不放。當我離開水槽轉身要把粉紅色迷你水槍放進口袋時，牠跳起來，俐落地——像執行外科手術一樣精準——把槍從我手中搶走，然後把老虎鉗似的上下顎一合（前面已經說過牠的咬力相當於每平方公分多少壓力，如果你還記得牠吃冰雪皇后的香草霜淇淋甜筒那段的話），把玩具水槍變成非玩具水槍。事實上，牠把水槍變成了一堆溼答答的粉紅色塑膠碎片。

看到水噴得滿地，牠一開始有點困惑，之後把殘骸朝地上又吐又甩，對我笑了笑，又盯著我的右眼看。

好吧，我心想。牠不喜歡那支玩具水槍。

卡蘿對我低吼，聽起來像遠方的雷聲，感覺我可能會死在這裡。那聲音也像準備發動攻擊的狼人發出的聲音，或是即將被吸入湍急漩渦的聲音……

但我鼓起勇氣拿出另一支玩具水槍，轉身從水槽裝水。這次我連水都還沒裝滿，卡蘿就跳起來把槍從我手中搶走，把它咬爛。

一袋總共有四支玩具水槍，卡蘿一個一個把四支全部消滅，還從我手裡搶走空袋子把它撕成碎片，好像那是惹毛牠的臭鼬一樣。

所以卡蘿不喜歡玩具水槍，我想，很慶幸我的兩隻手還在。拖地和打掃塑膠碎片時，我思索了一下這件事。

卡蘿來自一個不好混的地方，那時候——在我們還沒找到牠，把牠帶回家，牠開始在車庫大拍賣偷東西，還有吃霜淇淋甜筒和撲殺臭鼬之前——或許牠有些跟手槍有關的慘痛回憶。出於對牠的過往創傷的尊重，我想我必須想出另一種噴水的方法。畢竟就算卡蘿衝著我笑的樣子讓我發毛，又想阻止我訓練受試者，我還是很佩服牠的韌性，也很感謝牠雖然從前吃盡苦頭卻依然可愛又貼心（比很多人強多了）。我總覺得噴水這個策略可能有效，小冊子也對噴水的訓練效果大為推崇。

所以我去藥局買了一個小噴水瓶，原本是園藝噴霧器，但噴嘴可以調整成水柱模式，這樣就行了。

卡蘿對噴水瓶似乎沒有意見。

噴水瓶用起來也完全沒問題。

就在我爸差點不小心殺了普得之後，噴水瓶開始派上用場。

12 死亡滑水事件

到目前為止，這個故事主要說的是我爸的人生哲學，還有這套哲學對我的影響——負面的影響。負面到不行的影響，負面到我覺得可能會毀了我的人生。

就是這種程度的負面影響。

但我謄寫稿子的時候，普得一直在旁邊看，甚至校對了一部分，還給我一些可靠的修改建議，比方說我該怎麼幫故事加上「底盤」，還有確保「催化劑」清楚可見之類。我超感激的，雖然那不是我的風格，但我知道他是為了讓我和我的書更好。

他甚至還去下載了一本文法書，這樣隨時都能告訴我及物動詞或雙母音的不同，還有其他類似的寫作技巧。

抱歉這裡突然打斷，因為我們得去查一下雙母音是什麼意思。定義有很多個，但最簡單的一個就是連在一起的母音。有解釋等於沒解釋，但普得要我說一個我們四年級很流行的笑話：鉛筆姓什麼？蕭。因為……削鉛筆。不好笑，我承認，但如果你今年九歲就會笑到肚子痛。（普得笑到現在還在笑。）

總之，普得一直在幫我看稿和校稿，並且認為他應該——他是怎麼說的？——對了，他想在這個故事有更多戲分。

我提醒他這個故事的主角本來就不是他。是我穿著粉紅色吊帶褲，戴著用麻繩固定的草帽，在垃圾爆滿的垃圾箱裡鑽進鑽出，硬被丟上——很貼切的動詞——電視螢幕讓全世界的人看笑話。而且說到底，有問題的不是他爸，是我爸。之後我還用搜尋功能找了一遍，發現「普得」在這本書裡出現過好多次——精確地說，目前為止是一百三十七次。

「就算這樣，」他反駁（最近他再度決定要當個名律師，所以反駁得理直氣壯），豎起一根手指，「你寫的時候我幫你讀稿子，還提供有建設性的批評，避免你犯下大錯，所以我認為讓我更常出場非常自然合理。」

因為他是我的好朋友，說話又有說服力，而且（從各方面來看）到最後幫我補充了很多有用的東西，再加上下一段故事又跟他有關，所以就這樣吧。

但在那之前，我很快說一下普得這個人的特點、想法和行為。

要了解普得這個人，最重要的一點就是要知道，雖然他瘋狂

又誇張地探索未來志向時可能可笑又古怪，但每一次他都是認真的。

普得有種值得敬佩但也令人驚奇，有時很煩人而且幾乎每次都會把人搞糊塗的才能，那就是活在自己的夢想裡，甚至相信——百分之百地相信——夢想能成真。他全心全意、堅定不移、用全部的生命和全身上下的細胞相信，有天他一定會成為維京海盜或戰鬥機飛行員或律師或法官，不只如此，他終究會成為有史以來最厲害的維京海盜或飛行員或律師或法官。或語言學教授、英文老師、英國法醫學家兼偵探……這樣你就瞭了。

我不得不承認他真的很神奇。

但是。

什麼事都有「但是」，就像什麼問題都有個「癥結」。

但是。

這裡的「但是」，就是他硬要把這份確信、這種美夢成真的想像力，放進他遇到的所有事情裡。

他認為只要他下定決心做一件事，就可以成為那件事的專家，就算那件事他從沒做過。這對他和我的生活都造成了一些困擾和麻煩。因為他說話很有說服力，你很容易就被他牽著鼻子走，尤其當他認為我應該暫時忘記煩惱的時候，這裡指的「煩惱」就是我爸。

還有，普得說夏天就快結束，他還有一大堆事沒做，得在開學前把它完成。這話說得也沒錯。整個暑假他都在聽我碎念要訓練我爸的事，我是該趁這兩個禮拜陪他上山下海玩個痛快。

我沒想到他是來真的。

他把我拖去莫奇森的山丘，那是市區以南的一片高地，吸引很多人帶著滑翔翼來這裡飛一小段。

看他們飛很酷，我以為我們只是要坐在山丘上，打賭那些玩家會飛多久和飛多遠，但普得卻出現了那種眼神。我還沒反應過來，普得就說服了其中一個滑翔翼玩家說他也算是個滑翔翼專家（我本來以為拐人讓你試玩想必要買保險和簽賠償條款的玩命休閒活動應該會很難，結果簡單到不可思議），同樣都是玩家，借他「小滑一下」應該沒關係吧。

普得是這樣說的——小滑一下。

呃。

結果不是滑，而且也不小。

他們幫普得綁好帶子，他笨拙地滾下坡，多少有點像趕時間的鴨子，身上多了懸掛式滑翔翼的重量所以搖搖晃晃。他借來的安全帽太大了，滑下來歪向一邊，遮住了他前面和周圍的視野。

我本來應該為他什麼都看不見而擔心，但反正他完全不懂滑翔翼這項運動，大概也不可能真的飛起來，再過二十秒我應該就會在草地上撿到摔得狗吃屎的普得。

可是。

這時候，「風哼了一聲」（普得後來的形容），沿著上坡吹來，鑽進滑翔翼底下，立刻狠狠把滑翔翼和綁在上面卻什麼都看不見的普得吹到十幾公尺高，高到普得說他都能感覺到大氣壓力的變化，耳朵像坐飛機的時候一樣開始耳鳴，那一瞬間他以為自己會尿出來。

實際上沒他形容得那麼生動，但這裡就先不管。

他像子彈一樣發射出去，飄離山丘，軟綿綿地掛在滑翔翼上，甚至還放聲大叫，但他發誓他沒有。就這樣飛了大概一千六百公尺那麼遠，到了快樂牛仔馬術學校的外圍。那是大人帶小孩來騎小馬的可愛小地方。

風靜止片刻，滑翔翼就……你知道，在空中滑翔，只不過上面的「滑翔員」完全不知道自己在幹麼。

但地球引力終究是地球引力（大自然中一個永恆不變的事實，普得要我提醒大家），他最後還是掉了下來。跟一開始讓他飛上天的力量一樣神奇。

他降落在十五匹雪特藍小型馬正在無憂無慮吃草的小牧場中央——確切地說，是像奧運飛靶射擊賽的飛靶一樣栽到地上。

補充一個方便日後參考的小知識：雪特藍小型馬體型小，甚至可以稱之為可愛，因為牠們看起來就很好摸摸抱抱，但其實牠們被嚇到時可能變得跟看門狗一樣凶，而從古至今每一隻都有著名的拿破崙情結：個兒小就別怕打！就是現在，跳到中間殺啊！不管來者是誰都一樣！

於是全部馬匹在一頭名叫克萊德的凶猛小怪獸的帶領下，把牠們受到驚嚇、神經緊繃、血統純正的小馬之憤怒，發洩在摔在牠們地盤上的一隻五顏六色的大鳥上。

群馬撲向普得和滑翔翼，像四隻腳的匈奴復仇大軍。

這時普得還是被打結的安全帽遮住視線，什麼都看不見。他從憤怒的迷你馬群中「爬」走（我想更貼切的字應該是「滑」），躲到一片籬笆底下，整個人一癱，然後才又開始呼吸。

我趕到的時候（另一個滑翔翼玩家從起飛點載我過來，甚至給了我一副雙筒望遠鏡讓我追蹤普得的飛行軌跡），普得氣喘吁吁地說：「我突然很同情那些我們用來做飛行實驗的青蛙，甚至非致命實驗的那些也是。坦白說，只要命還在我就很高興了。」

雖然後來普得或我再也沒提起他匆匆落幕（我們兩個落荒而逃，其他滑翔員從馬群中救出滑翔翼）的滑翔翼飛行員生涯，但這件事變成了世事難料的好例子。就算在一個和煦的夏日，在平緩的山坡上，微風徐徐吹來，心中充滿善念，跟萊特兄弟一樣嚮往飛翔，也可能遭遇天外飛來橫禍。

普得能逃過一劫純粹是運氣，光是那些雪特蘭小型馬就可能把他踩死。所以到最後差點要他命的竟然是他真的會、甚至還很會的一件事時，才更教人納悶。

滑水。

先說明兩件事。

第一，儘管普得他爸發現了白天喝和晚上喝的葡萄酒的不同，還有電視上的所有體育頻道，以及上了一天班之後賴在躺椅上有多舒服，普得他們家每年夏天還是會去北部的鄉間湖畔度假。他們去的度假勝地有各式各樣的夏季活動，包括滑水。普得幾乎每天都跟在一個無聊的工作人員駕駛的快艇（速度有點快）後面滑水，他爸媽則在泳池邊懶洋洋地消磨時間。度假村很怕被告，所以都警告員工別做瘋狂或危險的事，這表示他們只能跟著滑水員在湖裡乖乖繞大圈。

雖然這種滑法溫和又安全，普得因為常滑也就愈來愈厲害，雖然不包括跳起來（除了偶爾在船尾波小小跳一下）或轉圈或任何危險招式，但也算是個厲害的滑水高手。

另一件事是，我爸修好了一台老福特F-150，後來用它換了一艘玻璃纖維材質的快艇。這艘快艇有個我爸說很「重要」的外掛式馬達，還有能掛在我們的貨車後面的拖車。之前我說過，我們家在河邊（就是哈雷落難的那條河），門前的那條河大概有四百公尺寬。不算大，普得說它「沒有度假fu」，而且岸邊泥濘，但好歹也是條河，之前住在這裡的人還在前面搭了一個小碼頭。

爸把船推進水裡，我們用賣家附的兩支獨木舟槳把它划向碼頭，因為——這很重要，是這個故事的關鍵時刻——馬達動不了。

連發動都不行，只喀了一聲就沒了。

當我跑進露營車裡擦身體換衣服的時候，我爸走向他的工作室，我聽見他在喃喃自語——這句話比剛剛更關鍵，翻到前面你就曉得——「應該是燃油系統有問題。」

當然了，我知道接下來會怎麼發展。

一分鐘後，我看著爸拿著工具箱走回船上，他眼中的光芒立刻讓我想起碎木機和哈雷機車，還有他把燃油系統變得威力可比核能的特殊嗜好。

但反正船在水裡，我心想。
而水是軟的，我又想。
像水一樣軟的東西，能出什麼大問題？
喔喔。
事實上，任何接觸到水的活動一定也會牽扯到速度的科學問題。速度慢的時候，水確實軟綿綿，可以稱之為溫柔，甚至很吸引人、讓人愉快。
但速度快的時候，情況就會一百八十度大轉變，就算時速只有三十還五十公里，平凡無奇的水也會變得有如硬掉的水泥。
況且前面我們就已經知道，每次燃油系統只要經過我爸的手，威力就會大爆發。
威力大爆發通常也會讓速度增加。
所以幾個小時後，我騎著斜躺式腳踏車回來，他就跟我說馬達修好了，還說「叫聲嗡嗡嗡像時鐘」。

我沒走去碼頭區，也沒聽到馬達發出嗡嗡嗡像時鐘或其他東西的聲音。但一聽到爸說他修好了巨大的外掛式馬達，我立刻打電話給普得，迫不及待想要親眼看看他的滑水技術，因為我猜他說他每年都去滑水八成是唬人的，甚至——願水底的所有生物原諒我——叫他把滑水板和滑水繩一起帶來試玩。

普得騎著腳踏車抵達，下半身穿泳褲，上半身穿救生衣，肩上掛著滑水繩，滑水板用晒衣繩綁在腳踏車的後座上。

「我準備好了，」他說，「來把滑水板弄上去吧。」

他笑得好開心，金色陽光灑在他的淺色頭髮和燦爛笑容上。我一定也笑咪咪。

老爸同樣滿臉堆笑，連卡蘿也興奮地搖頭擺尾。

有時候我會回想當時我們多麼有把握，多麼有自信，安安穩穩踩在乾燥的土地上，多麼乾爽，完全不拖泥帶水。

美好的時光。

我們把滑水繩綁在船尾的繫繩栓上，把繩子捲好以便快速鬆開。普得坐在碼頭上抓著滑水繩尾端的三角握把。

他堅持要從碼頭下水，說他在湖邊這樣下水過很多次。

我跟卡蘿坐在船尾往後看，我爸坐在船頭的駕駛座上。

接著，他發動了馬達。

以前我從沒仔細聽過外掛式馬達的聲音，但後來回想，我發現那聲音不像爸說的嗡嗡聲，反而像馬達在隆隆噴氣，聲音低沉，在水中迴盪，連船也跟著震動。我的胸口也感覺到那股震動。

老爸輕輕把控制桿往前推，船便發出軋軋聲慢慢駛離碼頭。

我看著滑水繩漸漸鬆開，快到底的時候我喊：「好！」

老爸平穩地加快速度，剛開始一切都像教科書一樣完美。滑水繩繃緊，普得手腳俐落地跳下碼頭，幾乎立刻站上滑水板，甚至對我們揮了揮手表示一切順利。我抱住卡蘿，往椅背一靠。

普得下水的身手漂亮俐落。

各方面都無可挑剔。

只不過……

馬達一開始的表現完美無缺。但就像我說的，它聽起來不太開心，聽起來既像在咳嗽，又像在怒吼，連我都感覺得到這種溫和、節制的速度滿足不了它，老爸現在的速度只是溫和適中的滑水速度。

我腦中的警鈴一閃。馬達似乎很不耐煩，不想被這樣綁住。

快到河中央時，船猛地一晃，狂吼一聲，我全身上下的骨頭隨之震動。馬達倏地衝向前，掙脫束縛，全速前進。

後來我們才知道，爸認為馬達裡負責把油送到燃燒室的系統塞住了，所以當時馬達才無法運轉。

但老爸畢竟是機械高手，根據他的說法，他把燃油輸送系統「稍作調整」，讓它「門戶大開，送進來的燃料一律接收。」所以馬達開始咕嚕嚕狂喝汽油，好像快渴死了，造成的效果立即可見又怵目驚心。

排氣管劈劈啪啪噴氣，接著尖銳地咿軋一聲，馬達彷彿失去了理智，螺旋槳鑽進水裡，像一百萬支鏟子同時出動。

船簡直像在往前飛躍，船頭劇烈地上下晃動，我們都嚇得尖叫出聲。轉瞬間，我看到普得還抓著繩子，但他腳下的滑水板幾乎要飛起來，很像以前的氣墊船。我心想普得滑水還真的很有一套，這時船突然轟轟叫得更大聲並轉了方向，把我爸甩下舵輪，開始在河中央逆時針繞圈，完全瘋了，徹底失控。

同樣地，後來——很後來——我們才知道快艇動力倍增暴衝出去後，導致螺旋槳一邊卡住，船才會斜向一邊瘋狂繞圈圈。

我覺得我們彷彿跳進了遊樂園的水上野馬設施。

快艇突然甩尾時，我爸從駕駛台前摔下去，接著離心力把他牢牢地黏在船側，他彷彿變成船身的一部分。我一手死命抓著座位，另一手抓著卡蘿的項圈，我們一人一狗就像風中的旗幟飄來撞去。但河裡的空間不小，有一瞬間我心想，我們還有足夠的空間和時間控制住情況。

我忘了還有普得。

他猛然進入了牛頓的物理學領域，成了力量對移動中物體造成的效果的具體化身。船逆時針快速飛轉的同時，滑水繩盡頭的普得親身示範了向心力如何作用：旋轉的快艇讓繃緊的繩子把普得往回拉，才讓他不至於從水上飛出去。

「一開始我還以為你們是故意的，你知道。」我們清出他嘴裡的泥巴時，他說。「我以為只是想讓我過過癮。之後船轉了第二圈，速度愈來愈快，河岸景色變成一團模糊。到第三圈還第五圈還第一百圈的時候，我想我已經達到了終極速度。我開始出現隧道視覺，在隧道的盡頭看到一道亮光。當我看到我死去的爺爺在那道光裡跟我揮手，召喚我走進另一個次元時，我才意識到這可不是鬧著玩，那一刻我才決定要放手。我是說，不然我爺爺為什麼對我招手？他甚至不喜歡我。」

他深吸一口氣，吐出嘴裡的泥巴，然後說：「之後的事我就不記得了。」

「你飛了出去，」我告訴他，「像打水漂兒的石頭。」

即使當時我整個人上下顛倒，卡蘿嚇得咬住我，我爸踢著我

的肚子，奮力要掙脫把他黏在船側的力量，我還是在一片混亂中看到我最好的朋友從水面上飛過去。陽光仍然灑在他淺色的頭髮上，他的手腳瘋狂揮舞，尖叫聲越過水面，愈來愈遠……

「因為飛出去的速度太快，你整個人在水面上彈跳，應該總共有四次。」想到我就想笑，但還是得忍住。「很難數得清。一切都發生得太快。」

「我在水面上彈跳？」

我點點頭。「彈第一次的時候，你的泳褲和救生衣被沖掉，之後你就全身光溜溜。」

他躺在岸上，試圖抬頭看自己的身體，但眼睛上都是泥巴，什麼都看不清，於是又倒了回去。

「我全身光溜溜在水面上彈跳？」

「完全正確。」我又點頭。「你像箭一樣飛出去，滑水板把你打到岸上。你的救生衣整個破掉，泳褲完全不見蹤影。太不可思議了，我大開眼界，那種事我連在電影上都沒看過。」

「我現在也光溜溜？」

「呃，不算是，」我用安慰人的語氣說，「你身上多少有些乾掉的泥巴。最後一次彈出去的時候，你狠狠栽進河岸的泥巴裡。我爸以為你會被活埋，我們上岸時還得去把你挖出來。」

「光溜溜的嗎？」他沒認真聽我說話。「我在岸上也光溜溜的？」

「老爸說那簡直像聖經上的場景。你就像一個新生嬰兒，光溜溜被沖上岸。別擔心，我有一件很漂亮的粉紅色吊帶褲可以借你穿回家。」

之後是很長的沉默，唯一的聲響是卡蘿試著把普得身上的泥巴舔乾淨的聲音，還有遠方水鳥吱吱喳喳的叫聲。

後來普得嘆了口氣，奮力想說話，卻只發出細微的聲音。

「你說什麼？我聽不清楚。」

這次稍微大聲一些。

「如果你們不介意的話，今天我應該不會想再滑水了。」

普得就是普得。

13

失敗？成功？失敗？

滑水事件過後——普得稱之為「死亡滑水事件」——生活多少又回歸正常。

好像這個暑假發生的事都可以稱得上正常似的，普得說。

事情過後幾天，那天下午的記憶慢慢浮上他的腦海。他跟我說：「河水很硬，我身上到處是瘀青，連你想不到的地方都有。一開始是黑青色，之後變成紫色，現在又變黃色。我覺得我很可能永遠生不出小孩，那就可惜了，因為我想你也會同意我應該會是個很好的爸爸。」

我們坐在河岸的草地上，旁邊坐著卡蘿，現在牠把這條河視為敵人，不時對著河水低吼和齜牙咧嘴。

此刻牠正在陽光下打瞌睡，好像夢到自己在奔跑，一邊抽搐一邊發出低吼聲。

「不知道牠夢到什麼。」我說。

普得聳聳肩。「大概是臭鼬，或是某個被牠嚇得半死要落跑的小動物。牠畢竟是比特犬，喜歡追那些竄進高大草叢裡的小動物。那就像牠的原始本能在呼喚牠。」

我很好奇普得怎麼會知道這些事，又是什麼時候學到「竄」這個字？還有他為什麼對「獵食者—獵物」的追捕關係那麼了解？普得身上總是充滿這類小驚喜——有時候也不算太小。

「說到『竄』，意思是鬼鬼崇崇的移動。對了，你爸的事怎麼樣？」普得雖然崇拜我爸，但他對任何實驗性的東西都充滿興趣（例如，參見：第十二章，第一五二頁至第一七三頁），所以好奇我爸到底有沒有改變。

「我又恢復了平常的作息。噴水瓶似乎有效，太好了。小冊子建議的下一步是『開心拘禁』，就是把受試者關在一個小空間，只放他出去上廁所。這點我不知道要怎麼達成，畢竟我不可能硬給他戴上項圈或繫上鏈子，火車出軌都沒那麼扯……」

他想了想。「是貨車。你可以破壞你爸的貨車。要是車子不能發動，多多少少就能把他關在家，阻止他去車庫大拍賣或二手衣店。」

我搖搖頭。「擋一陣子或許可以，但我們需要貨車才能去載豬和雞吃的飼料。再說，我爸是機械高手，我不可能騙他太久。」我不由嘆氣。「我想暫時也就只能這樣了。」

「卡蘿看到噴水瓶沒像看到玩具水槍那樣失控？」

我想了想，回顧噴水瓶那部分的訓練過程，還有我第一次用它來阻止老爸的情景。

這讓我想起我還沒醒來的時尚噩夢的另一個新難題。要是不快點離開這個噩夢，我的外表就無法在開學之後、我在走廊巧遇佩琪時，變得像樣。

鞋子。

好巧不巧，但不令人意外的是，鞋店和超市都在同一條巷子上，而我爸從沒遇過他不想進去探一探的垃圾箱，於是就讓他發現連鎖鞋店會把褪流行或賣不好的鞋子丟掉——倒進垃圾箱。

然而。

很重要的然而。

為了防止眼尖（和無恥）的人發現這件事並紛紛跑來撿免錢的鞋子，破壞鞋店一直以來的供需平衡，店裡會有人負責把每雙鞋子的其中一隻用帶鋸機切成兩半銷毀再丟掉。

「我們呢，」我爸跟我說，「只要找到一隻沒切成兩半的鞋子，再找到另一隻大小差不多也沒切成兩半的鞋子，噹啷，你就有一雙全新還相配的網球鞋了。至少不會差太多。只要花一點點力氣，一毛錢都不用花，就可能找到價值一百美金的網球鞋，免費隨你拿。太完美了。」

老天啊，我心想——不是在咒罵，而是在求上帝可憐可憐我。除了粉紅色吊帶褲、跟帳篷一樣大的迷彩T恤、小男生穿的小內褲，T恤和內褲不是故意洗到縮水就是拉到變大，尺寸才能剛好符合一個體型中等的小孩（剛好才怪），如今我爸居然還要我穿根本不合腳的網球鞋。

很明顯地，現在就是我使出噴水瓶新招的最佳時機。這次我要慢慢來，抓準時間才出手，這次一定會成功。非成功不可。

我一直按捺到我們抵達垃圾箱。我們先去超市的垃圾箱補貨，搬我們——或者應該說豬——需要的糧食。就在這個時候，我看見受試者開始往鞋店的垃圾箱移動。我緊盯著他，並抬頭看看天空。不算烏雲密布或快下大雨的樣子，但有幾片零星雲朵為我訓練過程的下一步驟提供掩護。我靜待著，觀察著，拿捏好時機，就在他伸手要去掀垃圾箱的時候，我抓起噴水瓶往他的脖子後面噴水再塞回吊帶褲的大口袋。老爸說的沒錯，這些口袋確實很方便，幾乎什麼都可以放——還有藏。

「你有感覺到嗎？」他問，抬頭看天空。「下雨了嗎？」

我點點頭，伸手像在確認。「我看要下大雨了。」我抬頭望著幾乎一片清澈的藍天。「我們還是走吧。貨車後面的東西要是被大雨淋溼就糟了。」

謝天謝地，我的話發揮了效用。爸點點頭，我們爬回車上把豬飼料載回家，似乎連卡蘿也沒意見，既沒盯著我的右眼看，也沒對我齜牙咧嘴，露出嚇死人的笑容，多半是因為牠討厭下雨，每次打雷下雨牠就會躲進浴室。我就這樣順利達成小冊子上建議的一個訓練法。終於。

換成普得的話是：「你現在箭袋裡多了一枝箭，但你得聰明地用它才行。」

普得發表意見後通常最好別發問，因為有時他的回答會落落長。但我有點得意過頭，忘了謹慎才是真勇敢。「什麼意思？」

「這是常識啊。你的訓練要有效，就不能讓受試者——你是這樣叫他的是吧？——知道你做的事。所以你必須不斷改變方法，卸除他的防備，這樣他才不會識破你用來改變他行為的伎倆。現在你有噴水瓶，有冰雪皇后，還有其他有的沒的用來轉移他注意力的藉口，或許偶爾可以弄壞他的貨車，他就得花時間修車……懂了嗎？訣竅就是要一直換來換去。或許不時推說你胃痛，還是鼻塞，因為要是感冒就不能去買東西。拉肚子更好，因為他會給你一點隱私，這樣你就不用跟他一起出門。這些方法或許全都有效，或許只有部分有效，但你得拿捏用的時機和技巧，還要控制好頻率，不能太常重複，要混合使用，這樣受試者才不會發現其中的規律。」他停下來喘口氣，我趁機插話。

「我有在一本筆記本上寫下每次我對他做的正向強化，還有我為了改變他的不當行為做過的各種嘗試，所以可以知道順序，不會重複。」我說。「其實我本來就沒有一定的順序，而且都把筆記本藏在放飼料的小屋，塞在用舊木板蓋住的牆壁和上方屋梁之間的縫隙。我都趁他不注意的時候寫筆記。」

「那就好。」他把臉一沉。「雖然我還是要說，或許你記得先前我不確定你到底該不該改變你爸。你有個大多數人搶破頭想要的老爸，但我了解你要是不改變他，就會遇到很多時尚災難和社交問題，你的外表永遠不可能看起來像樣點。」

差不多就在這個時候，一隻泥龜爬上岸，一看到我們牠就發現自己錯了，急忙轉頭折返。卡蘿及時醒來看到牠從泥巴竄進水裡（普得的形容），立刻追上去。雖然住在河邊那麼久也坐過船，卡蘿對水還是一知半解，以為自己在水裡還能呼吸。牠追著泥龜爬下岸，不停跋涉直到碰到水，然後就像一艘長出尖牙和毛髮的小潛艇完全沒入水裡。牠全身都是結結實實的比特犬肌肉，沒有真正的脂肪能讓牠浮起來，所以就像石頭一樣沉了下去。

卡蘿就這樣讓那隻泥龜給跑了。我想要不是我跟普得跳進水裡，在黃濁濁的水中摸來摸去直到摸到狗的毛皮，趕緊把卡蘿拖出來，否則牠可能會溺死。

「那種心無旁騖的專注力好驚人，」普得說，「太驚人了。牠根本不打算上來換氣，只想達到目的，把泥龜變成肉泥。卡蘿讓我們都學到了一課。」

普得的小補充：如果你的比特犬追烏龜追到掉進泥巴水裡滅頂，需要有人幫忙牠回到陸地上補充氧氣，為了保住你的性命和手腳的完整，務必小心你抓的部位和抓的方式。要強調的是，比特犬顯然能咬到身體的任何一個部分。補充完畢。除了一點：我跟普得還輪流幫對方貼ＯＫ繃，因為比特犬就算只是為了嚇唬人而咬你一下，也會在你身上留下小傷口。

暑假很快接近尾聲，開學的日子愈來愈近，所以我開始更認真地訓練受試者。我不斷參照筆記本，謹慎地使用正向強化法，偶爾搭配負向強化法，兩種輪流交替。一天天下來，我漸漸看到這些方法對爸的日常生活產生的改變。我希望在開學前能夠拉他走進真正的商店買真正的衣服給我。我對腳踏車的事已經死心，轉而說服自己穿著能讓人脫胎換骨，也能幫助我克服每天坐公車到校的那副矬樣。

甚至連普得都恭喜我，我的努力終於有了成效。「我想受試者已經戒掉大在地毯上的壞習慣。當然，這是一種比喻啦。」我不敢相信他用了「比喻」這兩個字，還跑去查了字典。字典上列出很多個意思，其中一個是說，用一種描述來解釋另一種描述。這也沒什麼不行。不過我不必動用任何一根手指就能算出我爸大在地毯上的次數。

但普得說得沒錯。我爸確實變了。我努力了這麼久，等到他終於改變的時候，我反而有點後知後覺。

有段時間我們家的雞暴增到隨時都有二三十隻，牠們下蛋的速度快到我們都數不清有幾顆。於是老爸在車道上方掛了一面牌子，上面寫「農場自銷雞蛋，自由放養雞，深色蛋黃，歡迎以物易物」。但大多數來買的人都只想付現，所以我們很快就靠雞蛋賺了六十幾塊美金。

就在這段期間，我確確實實親眼看到他走進一家如假包換的商店，買了乾淨的襪子、全新的T恤和兩件牛仔褲給我。

當時我心想，我成功了。

我終於能看起來稍微像樣一點了。

雖然不多，我承認，但那至少是我時尚災難人生的一個破口，一個能讓美好未來的曙光打進來的小縫隙。我好開心。

但我爸卻沒有。

並不是說他對我擺臭臉什麼的，而且我一再感謝他買新衣服給我（語氣盡可能帶有正向強化效果），他還微笑點頭，對我說：「不客氣。」

但他的聲音小小的，幾乎聽不清楚，我看得出來他不像我那麼開心興奮。我成功改掉他的壞習慣，卻沒有像我預期的那樣讓他覺得心滿意足。小冊子上明明說，只要貫徹訓練方法，狗主人開心，小狗也會同樣開心——我們的情況卻是兒子的外型變得像樣，受試者還是一頭霧水。

但我沒再多去追究，沒去管那種怪怪的感覺，只顧著沉浸在滿滿的喜悅裡。爸買給我的T恤大小剛剛好，襪子是全新的，牛仔褲上沒印小甜心，口袋也沒多到像一大群袋鼠。

既然我已經成功改變我爸，也準備好迎接新學年，用嶄新的面貌面對佩琪，我想情況應該只會愈來愈好。

我錯了。

普得說問題出在我不夠全心投入。他說我把成功視為理所當然，因此放得太鬆。多少是吧。我承認自己太過自滿，甚至有點得意忘形。畢竟我拿到的是合身且從來沒人穿過，而且不用先洗過讓它縮水的襪子、T恤和牛仔褲。那麼積極正向的東西，難道不會讓人覺得有點像在作夢嗎？

暑假的倒數第二週，普得聽說那些滑翔翼玩家又來到同一座山丘。他想去看（他發誓只看而已），所以我們騎著腳踏車（這陣子我甚至對那台為我「量身訂做」——普得逼我這麼形容——的腳踏車沒那麼反感）去看那些滑翔翼玩家。他們真的知道怎麼隨心所欲地翱翔，在空中滑翔時也不會被擋住視線，降落時更不會嚇到一群小馬。

我們到的時候他們還在組裝滑翔翼，還有時間回答普得的問題。我發現那些認得我們的男女用身體擋在普得和滑翔翼中間。原野另一頭的雪特蘭小型馬則擠在面向滑翔翼這邊山丘的柵欄前，或許牠們心想說不定還有機會摧毀另一隻不怕死闖進來的大鳥（我猜牠們的小馬腦袋大概是這樣稱呼入侵者）。原來一旦成功改變另一個生物的行為，你就會開始注意其他人和動物的反應，以免哪天又需要用上這套訓練方法。

我們在那裡度過了一個愉快的下午，普得沒惹禍上身，但主要是因為那些玩家都不讓他接近滑翔翼，還用能量棒和運動飲料轉移他的注意力。後來我們騎車回家，我記得自己覺得放鬆又開心。

但從莫奇森山丘下來的時候，速度會快很多，而且當路面變成柏油路，往市區圖書館前進時，會遇到一條又長又平滑的下坡，所以就算你想減速（普得當然從不減速）也幾乎不可

能。進市區時，我們的速度快到要飛起來。我坐在斜躺式腳踏車上往後靠，感覺風拍打著我的頭髮，心想就算一路下坡沒完沒了直到世界盡頭，我也無所謂。

直到我們來到圖書館的轉角，前面的急轉彎被榆樹稍微遮住，我抬頭就看見佩琪騎著腳踏車正要離開圖書館。

就在我的正前方。

若我是從潛水艇的潛望鏡看出去，她就位於十字瞄準線上。正中心。

我知道若我以這種速度跟佩琪相撞，她一定會沒命，我大概也是。而我車上那個會吸收光線的黑色金屬車架和粉紅色配苔蘚綠的坐墊起火爆炸後，旁邊景物也會遭殃。我記得當我飛快撲向即將成真的殺人噩夢，或至少在害慘自己和我愛的女人前，心中不禁慶幸：最起碼我掛掉時不是穿著粉紅色吊帶褲。

所以我趕緊煞車。

那是我唯一的選擇，而且老實說，與其說是我的選擇，不如說我沒得選。

我把車頭往左一轉，滑行了大概六十公尺，差點撞上佩琪的車後輪（事後從我嘴唇破皮、鼻子流血的慘狀來看，我可能還是從她的後輪擦了過去）。當下火星閃爍、塵土飛揚，普得事後評論我的敘述「非常簡短但生動又強而有力」。

我就停在佩琪的旁邊。她停下車，跨立在車上低頭看我。我狼狽不堪地躺在扭曲變形的腳踏車裡，手腳打結又痛得要命，腦中閃過普得因為滑水事件而得到的瘀青，一瞬間不禁好奇我的會不會更壯觀，因為客觀來說，在高速撞擊的情況下，陸地遠比水分子H_2O硬得多。

「你還好嗎？」她問。

當下我很擔心自己可能掉了幾顆牙，左邊屁股擦過柏油路的地方腫了一大包，而且嘴巴還在滴血。但我還是點了點頭，啞著聲音說：「沒事。」

普得說一聽就知道我在說謊，他很驚訝我竟然沒爆炸，化成一片火海。

佩琪別過頭忍住笑，然後又轉過頭對我說：「我在電視上看過你。」

當然啦，我心想。太好了。我坐在車禍現場，我的腳踏車熔成一灘血，而我們第一次說話，你就想起在電視上看過我。而在這夢幻的一秒發生前，上電視大概是我這輩子最丟臉的巔峰時刻。她當然在電視上看過我。怎麼可能沒有？

「我覺得好酷。」她又別開視線再轉回來，然後嘆了口氣。

「你跟你爸忠於自己的信念，用不傷害環境的方式生活，那樣好酷，而且那才是對環境負責任又友善的方式。卡爾，我們都應該向你和你爸學習。」佩琪再次停頓，然後一腳踩住踏板，雖然還站在原地但已經準備離開。「或許之後我們可以約出去，你再跟我多說一些你們的做法。我的意思是，如何過正確的生活。」

之後她對我微微笑並揮一揮手就踩著腳踏車走了。我看著她離去，或勉強看著她離去，因為我的右眼腫到快打不開，看來我整張臉都從她的後輪擦過去，但我對所有痛苦都失去了感覺。即使我的嘴巴在滴血，還彎著身子因為怕血滴在我的新T恤上。神奇的是，經過這一撞，我的T恤竟然仍完好如新。

「我八百年都料想不到會有這種事，」普得說，「我是說，你莫名其妙就發現了一個不用外表變得像樣也能讓女生喜歡你的方法。誰知道你只要用臉去犁田和流一點點血，砰，一個約會就自動送上門。真的，就是這樣。而且她好像知道你的名字。這種機率有多高？」

我乘著幸福的雲朵飄回家。滿臉是血，卻仍因為能跟佩琪說上話而開心得全身麻木，美好的未來近在眼前更讓我整個人飄飄然。

但一走進露營車，我就看到了它。放在餐桌上。

老爸發現了我的實驗日誌。

14 實驗報告總結

這幾個禮拜以來，我為了訓練我爸付出的心血似乎終於見效。不是說他開始瘋狂上網購物或突然拚命想賺錢。

可是……而且是個重要又讓我感激涕零的「可是」。我改變了老爸一些比較異於常人的習慣，也因為他的進步而得到好處。

他不再到處找便宜貨或找機會跟人以物易物，反而開始認真看店裡的標價，學習東西值多少「厄多」（用他的話來說）或值多少「摳摳」（用普得的話來說）。他似乎開始在意沒人用過也沒被丟棄過的新東西，還有要怎麼得到那些東西。有天下

午他甚至說：「那台貨車舊了，而且我們得承認，車上廣播能收聽的頻道不太吸引人。或許我們可以換部新一點的車，把舊車賣掉來付新車貸款的頭期款。」

於是他開始看報紙的分類廣告，甚至上網（我根本難以置信）找工作，一份能拿到真正的錢的真正的工作。他去應徵和面試之後，最後在奧斯卡的舊貨堆附近的一家汽車維修廠找到工作。他開始每天朝九晚五並帶著薪水袋回家。是的，我們說的人就是我爸，他在替一個名叫威爾堡·歐基夫的人工作。此人認為銀行很邪惡，所以都付現金，而且讓老爸不再覺得有必要把他經手過的燃油噴射系統都改成火箭動力等級。但歐基夫付錢都給硬幣，爸居然承認他喜歡公司也喜歡這份工作。他把賺來的錢放在櫥櫃上的罐子裡，花錢毫不手軟。

就算他並不快樂——即使我沉浸在喜悅裡也很難不發現他好

像變了個人——我也相信我的開心夠我們兩個人分用，而且過段時間他就會改變想法。變回原來的他。

從我的角度來看，一切都很順利，而且愈來愈好。後來我撞了車，跟佩琪說了話，我就知道自己真的成功了。我真的翻轉了局面。

這時一切卻開始變調。

一切都因為一隻該死的松鼠而起。大約一個月前來了一隻可惡的紅松鼠，開始偷我們家雞下的蛋，然後帶回牠在飼料儲藏室底下築的小窩（我也不相信這種事，所以如果你覺得我在瞎掰也不怪你）。我們沒有馬上抓到牠，起初甚至搞不清楚蛋怎麼會無緣無故消失。有天傍晚天色還沒全黑，老爸終於看到牠搖搖擺擺、笨手笨腳抱著蛋奔跑，這才破解了失蹤雞蛋之謎。原來松鼠都趁晚上來偷蛋。

神奇的是卡蘿沒先逮到松鼠，終結牠的性命和小偷行徑。要不然按照卡蘿之前消滅臭鼬再徹底分屍的情況看來，牠鐵定會把那隻松鼠毀屍滅跡到只剩下分子結構。一隻小動物在黑暗中奔竄，膽敢偷走卡蘿的雞（至少卡蘿這麼認為）所下的蛋？卡蘿絕對讓牠人間蒸發。

但那隻松鼠聰明又狡猾，沒在院子裡東奔西跑，而是躲進飼料儲藏室的安全避風港。所有紙袋裝的雞飼料和豬飼料都放在裡頭，再加上偷來的蛋，保證牠營養均衡。而且有門和牆壁阻隔，讓卡蘿進不去，瘦小的松鼠卻能進出自如。

卡蘿雖然進不去，但我爸可以，也真的進去了，還把那隻松鼠嚇得屁滾尿流。慌亂之下，牠從飼料袋跳上剛好在附近的老鋸木架，再從鋸木架跳到我爸的肩膀上，完全慌了手腳。那是我知道的部分。

我不知道的是，那隻松鼠後來跳到屋梁跟牆壁連接的地方，剛好就降落在我那本實驗日誌的藏身之處。日誌就這麼掉到我爸面前的地板上。

他撿起眼前的小筆記本。

讀了它。

可惡的松鼠。

老爸坐在餐桌前，筆記本就放在旁邊，對我說：「我想我們該談一談。」我才剛過完超級美好的一天回到家，去看了滑翔翼，跟佩琪說了話，立刻又被現實打臉，得出「做人果然還是不能太得意」的偉大體悟。

「我不知道那是什麼。」情急之下，我扯了個大謊。一個會直接下十八層地獄的天大謊言。

「噢。」他輕聲說。

我寧願白白送人一百萬，也不想再聽到那聲「噢」。一聲來自他體內、來自他靈魂深處的低語。

我做了什麼？哦天啊，哦天啊，哦天啊——我誠心懺悔。我到底做了什麼？

「我想說我可以……你知道……改變一些事。一點點就好，只要能讓女生看我一眼。呃，也不是全部的女生，就一個女生。」

「佩琪。」

「對，佩琪。」我一定是在實驗日誌上寫了她的事。

「我沒有要說什麼，但這樣隱瞞事實、矇騙別人，不是有內涵的人會做的事。」

「你什麼時候發現的？」

「幾個禮拜前，就那隻松鼠，你知道。」

「所以你才去找工作、賣掉舊貨車，還有開始買東西？」

「對。」他的語氣好悲傷。「我不知道原來你那樣想，一直以來我以為你認同我們做的事……以為你跟我有一樣的感受。」

「以前是啊，可是後來變了。」

「好吧，至少現在我們把話說開了。」

他把筆記本還給我就轉身走出露營車，沒再多說什麼。

我直接跑去找普得討救兵，他卻不怎麼同情我。「你得到了你想要的，但是……」

「但是什麼？」

「但是你已經完成典範轉移。」

「我什麼？」

「你以一種突然而令人不安的方式，從源頭徹底改變了一

切。」

「老實說，這完全超出我的預料。」

「現在你能做的，只有一件事。」

「什麼事？我什麼都願意做。」

「你得重開機。再一次。重開機再重開機。」

「我需要更多提示。」

「現在你要做的，就是儲存過去好的部分，留住現在爭取到的進步，讓這兩種特質妥協和合作，不要互相對立，並且在過程中加入更多內涵——這你爸一定會喜歡，他最關心的就是內涵，才能邁向一個對彼此都有利也都能接受的未來。」

「那我要怎麼做？」

「具體的做法你要自己想，畢竟他是你爸。但禮拜一開學之前，你還有整個週末的時間能把事情搞定。夠充裕了。」他說得自信，我就沒那麼有把握了。我們一起走回露營車。

爸坐在餐桌前喝咖啡，邊摸著卡蘿邊看著窗外，還是一臉傷心，讓我心頭一緊。但我深呼吸一口氣，說：「誰想在暑假最後的週末去車庫大拍賣逛個痛快，還有趁夏天結束前去垃圾箱搬蔬菜水果回家？」

他抬起眼睛，對站在門口的我微笑。

有內涵的微笑。

一個帶有寬容、理解和欣慰的微笑。

且慢。

先等他聽完我的種種構想：幫忙奧斯卡盤點他的舊貨堆（或寶庫）並從中尋找商機；開一個YouTube頻道，上傳普得拍給類似佩琪這種對爸的正確生活理念有興趣的小孩看的影片；說服超市別把完美的現成肥料丟掉，拿來自製堆肥，藉此減少不

必要的浪費；跟鞋店合作，把褪流行的鞋子捐出去，別直接銷毀；甚至可以拉棺哥和普麗迪一起創辦地方農夫市集，反正現在我們多的是雞蛋和羊奶；還有改寫那本《幼犬訓練手冊》，上面有些概念不錯但還不夠好，我知道哪些地方可以改進，畢竟我有實證資料和個人經驗……

能提出有內涵的想法的人，可不是只有我爸和普得而已。

劇終。

當然，還不是真正的劇終……。

手斧男孩 冒險全紀錄（十萬冊紀念版）

★誠品書店年度TOP100青少年類第一名！
★博客來網路書店年度百大！
★美國最受年輕讀者歡迎的作家之一蓋瑞・伯森最膾炙人口的系列作品！
★騙倒《國家地理雜誌》的13歲男孩求生傳奇！
★美國紐伯瑞文學大獎（Newberry Honor Books）肯定！
★暢銷全球2,000,000冊！

手斧男孩 首部曲

★博客來網路書店親子共享類暢銷排行第二名

吃漢堡長大的13歲紐約少年布萊恩，因飛機失事，墜落在杳無人煙的森林中。他幸運逃過一死，卻必須獨自面對絕望、恐懼、大黑熊、不知名的野獸，沒有食物、沒有手機和無線電，身上唯一的工具，只有一把小斧頭，布萊恩如何面對前所未有，且關乎存亡的挑戰？

手斧男孩❷ 領帶河

這一次，布萊恩不再是孤獨一人，政府派來的心理學者德瑞克將陪他進行觀察並記錄下一切。可是，一場暴風雨中，德瑞克被閃電擊中，昏迷不醒，無線發報機也失靈！布萊恩必須帶著命在旦夕的德瑞克到百英里外求救。布萊恩唯一的機會是一艘木筏和一張地圖，順著河流，一場與時間相搏的河上求生，慌張開跑……

手斧男孩❸另一種結局

蓋瑞．伯森改變了布萊恩在《手斧男孩》中終於獲救的結局，並隨著嚴冬來到，他讓布萊恩面對更嚴峻的挑戰。置身大雪冰封的森林之中，孤獨一人的布萊恩如何面對致命的嚴冬？如何讓自己生存下去？

手斧男孩❹鹿精靈

經過大自然的重重試煉後，布萊恩回到現代化城市，卻感到比在荒野之中更孤立無援。唯一的解決之道就是，必須重回荒野大地，只有回到曠野之中，布萊恩才能找回自己真正的生命道路。

手斧男孩❺獵殺布萊恩

勇敢面對重重考驗之後的布萊恩，對於大自然的愛遠甚於所謂文明世界。一天，當他紮營在森林中一處湖畔時，意外發現了一隻受傷的小狗。當布萊恩悉心照料這隻小狗時，也想起了住在營地北方的克里族友人。直覺與不安告訴布萊恩，必須盡速趕往北方。北方森林裡肯定出事了，帶著忠心的新夥伴，布萊恩展開了一場救援朋友的狩獵行動。

手斧男孩❻英語求生100天：手斧男孩中英名句選

讀《手斧男孩》不只可以學到野外求生技巧，也不只是看到布萊恩面對挑戰時的勇氣與機智。讀《手斧男孩》還可以學英文！作者蓋瑞．伯森擅長流暢簡練的英文，是學習英文的極佳範本，跟隨《手斧男孩》精采的情節前進，也讓你的英文向前衝！

手斧男孩

Gone to the Woods

Surviving a lost childhood

落難童年求生記

蓋瑞・伯森(Gary Paulsen) 著
謝佩妏 譯

★「紐伯瑞文學獎」作家蓋瑞・伯森自傳小說
★《手斧男孩》荒野求生故事的初心與原點
★一個關於勇氣與成長的感動故事
★《紐約時報》年度最佳童書（中高年級）

糟糕的大人、善良的大人，以及被迫求生的小男孩。
父母是酒鬼，學校如地獄，
只有森林和圖書館是男孩的安全堡壘……

這一次，蓋瑞・伯森帶來自己親身經歷的精采故事，
不只要在荒野求生，更要在充滿惡意的世界存活下來。

「家」是他沒有的東西，從來沒有過。

二戰末，五歲的男孩獨自搭乘長途火車，離開母親和芝加哥城，來到北方的阿姨家農場。在農場裡，來自都市的男孩第一次撿雞蛋、釣魚、騎馬、划獨木舟、跟鵝群打架，種種大自然初體驗讓他大開眼界，每天都過得刺激又好玩，更在這裡找到了家的溫暖。

某天，母親突然現身農場帶走男孩，搭船前往菲律賓美軍基地與男孩父親團聚。沒想到這竟是一切噩夢的開始——面對成天酒醉的父母，他從此變成了沒有家的孩子。白天，他在廢墟與暗巷間潛行，到森林中自己打獵覓食，在酒吧賺取微薄薪資。夜晚，他窩在地下室裡過夜，與老鼠為伴。

男孩逃學也逃家，一心只想趕快長大。在一個寒冷的冬夜，他遇上一位善良的圖書管理員，她不但帶領男孩打開閱讀的大門，還送給他一份珍貴的禮物，讓他漸漸找到自己真正的天賦……

徘徊在森林與圖書館之間的童年，苦中作樂、笑中帶淚的動人成長故事

How to Train
Your Dad